論創海外ミステリ
327

シャンパンは死の香り

レックス・スタウト
渕上痩平［訳］

論創社

Champagne for One

1958

by Rex Stout

目次

主要登場人物

ルイーズ・ロビロッティ……………………アルバート・グランサムの未亡人。グランサム邸の女主人。
慈善活動家
ロバート・ロビロッティ……ルイーズの夫
セシル・グランサム…………ルイーズの息子
シリア・グランサム…………ルイーズの娘
オースティン（ディンキー）・バイン……ルイーズの義理の甥
ハケット……………………グランサム邸の執事
ヘレン・ヤーミス……………未婚の母
エセル・ヴァー………………未婚の母
フェイス・アッシャー………未婚の母
ローズ・タトル………………未婚の母
ポール・シュスター…………弁護士
ビヴァリー・ケント…………外交官
エドウィン・レイドロー……出版社主
ネロ・ウルフ…………………私立探偵
アーチー・グッドウィン……ウルフの助手
フリッツ・ブレンナー………ウルフのお抱えシェフ兼家政担当
シオドア・ホルストマン……ウルフの蘭栽培係
ソール・パンザー……………フリーランス探偵
フレッド・ダーキン…………フリーランス探偵
オリー・キャザー……………フリーランス探偵
ロン・コーエン………………《ガゼット》紙の記者
L・T・クレイマー…………ニューヨーク市警察殺人課警視
パーリー・ステビンズ………ニューヨーク市警察殺人課巡査部長

シャンパンは死の香り

ニューヨーク　西35丁目
ネロ・ウルフの自宅兼事務所

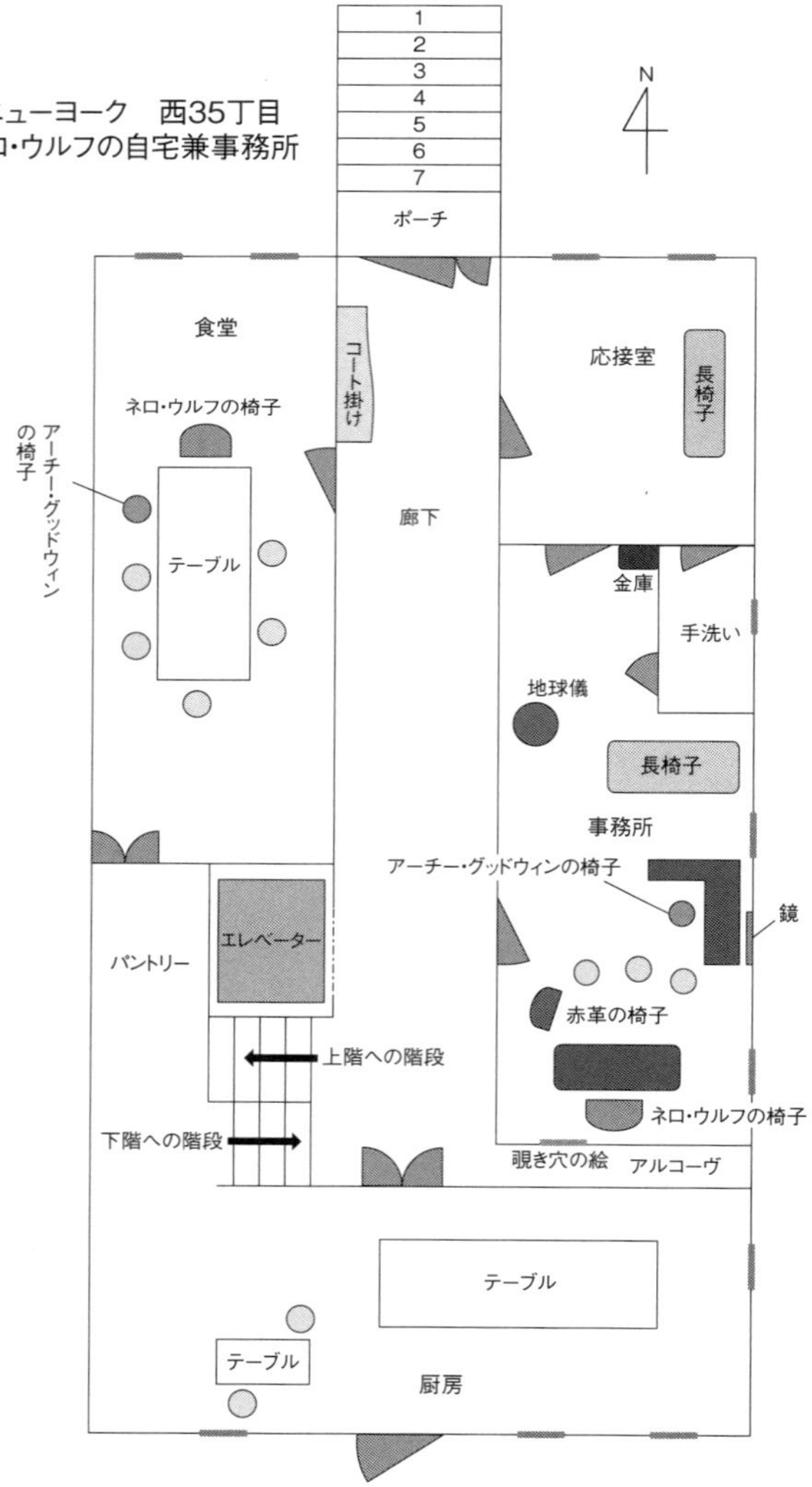

第一章

あの冷え冷えとした三月の火曜の朝、雨と風に見舞われなければ、オースティン・バインからの電話が鳴っても、小切手二枚預けに銀行まで歩いて行く途中だったろうし、彼もほかをあたっていたかも。だが、そうはいかなかったろう。あとでかけ直してきただろうから、天候のせいにはできない。たまたま事務所にいて、タイプライターと許可証のある二丁のマーレー三十八口径に同じオイル缶からオイルを差していると電話が鳴り、受話器を取って話した。

「ネロ・ウルフの事務所、アーチー・グッドウィンです」

「やあ。バインだ。ディンキー・バインだよ」

読者には活字だが、ぼくにはそうじゃないし、よくわからなかった。人間というより、死にかけのウシガエルみたいな声。

「咳払いするか、くしゃみでもしてから、もう一度言ってくれ」とぼくは言った。

「駄目なんだ。喉が完全にいかれてる。喉。いかれてる。聞こえるかい？　ディンキー・バイン――B―Y―N―Eだ」

「おやおや。その声じゃ元気かいとは聞けないな。お大事に」

「気持ちはありがたいが、それだけじゃ足りない」少し聞こえがよくなった。「助けてほしい。頼みを聞いてくれないか？」

ぼくは顔をしかめた。「どうかな。座ったままやれて、まずい話じゃなきゃね」

「まずい話じゃない。伯母のルイーズを知ってるだろ。ロバート・ロビロッティ夫人だ」

「仕事で知ってるだけさ。ウルフ氏が彼女の依頼で宝石を取り戻したことがある。つまり、彼女がウルフを雇い、ぼくがその仕事をした――彼女には嫌われたけどね。ぼくの言葉に腹を立てたのさ」

「たいしたことじゃない。言葉など憶えてないさ。伯母が今は亡き伯父のアルバートの誕生日に毎年夕食会を開いてるのは知ってるだろ？」

「ああ、もちろん」

「そう、そのことだ。今夜の七時なんだ。騎士の一人を務める予定なんだが、このとおり、熱が出て行けない。代わりを探すとなったら、伯母は烈火のごとく怒るだろうし、電話するとき、大丈夫、代わりはいるからと言ってやりたい。アーチー・グッドウィン氏さ。君ならぼくより立派な騎士だ。伯母は君を知ってるし、君の言葉など忘れてる。どのみち、ぼくの発した百の言葉のほうによほど腹を立ててる。君なら女性ゲストの扱い方をよく心得てるだろ。ブラック・タイ着用で七時だ。住所は知ってるね。伯母に電話でそう言えば、君に確認の電話をしてくるはずだ。それなら座ったままできるだろ。まずい料理も出ないと請け合う。腕のいいコックがいるのさ。おっと、こんなに話が長くなるとはな。どうだ、アーチー？」

「とくと考えてるところさ」とぼくは言った。「電話してくるのも遅いぞ」

「まあな。今朝やっとこさ目を開けるまで、行けるかもしれんと思ってたんだ。相身互いでいつかお返しをするよ」

「馬鹿な。ぼくには金持ちの伯母なんていない。ぼくの言葉は辛辣だったから、忘れたかどうか怪しいな。ダメ出しされたらどうする？　また電話してきて、なかったことにして、ほかのやつに電話か。調子のいいことを言うなよ。それに、ぼくだって気分が悪くなるぜ」

もう少し話を聞こうと思ったから切らなかっただけだ。しゃがれ声は怪しかった。いかれた喉は「七《セヴン》」とか「座る《シッティング》」とかのｓの発音には支障がないが、わざとらしく聞こえた。「長く」は「ながーく」と言いそうなものを「ながーぐ」になる。すると、あのしゃがれ声はインチキじゃないか。ぼくがうぬぼれ屋でなかったら、なぜぼくを選んだのか突っ込んだところだ。さして親しくもないのに。だが、そんなのは問題じゃない。うぬぼれ屋なら、全国委員長から電話がかかってきて、君を大統領候補に指名したいと言われてもさして驚きはしない。

しゃがれ声が仮病だとわかるまで話を長引かせただけで、結局、引き受けた。面白そうな話だったからだ。新たな経験だし、人間性の知識を増やすいい機会にもなる。ちょっと厄介だし、戸惑いも感じるが、相手の出方を見るのも面白い。自分がどう出るかはわかりきってる。だから、ルイーズ伯母さんの電話をお待ちするよ、と告げた。

三十分もかからなかった。オイルを差す作業を終え、銃を机の引き出しにしまい込んでいると、電話が鳴った。聞き覚えのある声が、ロビロッティ夫人の秘書です、ロビロッティ夫人からお話が、と言った。ぼくが、「また宝石ですか、ミス・フロム？」と言うと、「夫人からお話しします、グッドウィンさん」と彼女は言った。

またもや聞き覚えのある別の声。「グッドウィンさん？」

「はい」

「甥のオースティン・バインがお電話したはずだけど」

「そのようですね」

「そ、そ、そのようですって?」

「バインだと言っていましたが、アザラシが吠えてるみたいでした」

「喉頭炎を患ってるの。そう伝えたそうだけど。ちっとも変わっておられないのね。今夜のうちの夕食会に代わりに出てほしいと頼んだら、私から招待があれば出るとお答えになったそうだけど。違うの?」

そうだと認めた。

「この夕食会がどういうもので、いかに大事か、よくご存じだという話だけど」

「もちろん。五千万——いや、それ以上の人が知ってますよ」

「そうね。このパーティーのことが過去に知れ渡ったのは残念だけど、やめるわけにいかないの。最初の夫の思い出のためにも。ご招待するわ、グッドウィンさん」

「わかりました。甥御さんのご好意として招待をお受けしますよ。ありがとうございます」

「わかったわ」暫しの沈黙。「もちろん、夕食会のゲストにご招待しながら、お行儀のことでご注意申し上げるのは異例だけど、今回はちょっと気遣いが必要ね。ご理解いただけて?」

「もちろん」

「機転と分別をお願い」

「肝に銘じて」とぼくはきっぱりと言った。

「もちろん上品さもね」

「そこは見習いますよ」少しは安心させてやらないと、と思った。「ご心配なく、ロビロッティさん、場の様子は承知してますよ。コーヒーの時間が来るまでぼくを信じてください。コーヒーを飲み終わったあともね。お気を楽に。よくわかりました。機転、分別、上品さ、ブラック・タイ、七時ですね」

「では、お待ちしてるわ。切らないで。秘書が出席者の名前をお伝えするから。前もってわかっていれば、紹介も簡単ですむもの」

ミス・フロムがまた電話に出た。「グッドウィンさん？」

「切ってませんよ」

「紙と鉛筆のご用意を」

「常に持ってますよ。なにを今さら」

「早口すぎたらおっしゃってください。テーブルには十二人。ロビロッティ夫妻。ミス・シリア・グランサムとセシル・グランサム氏。ロビロッティ夫人の最初の夫とのあいだの息子さんと娘さんです」

「知ってますよ」

「ミス・ヘレン・ヤーミス、ミス・エセル・ヴァアー、ミス・フェイス・アッシャー。速すぎますか？」

大丈夫、と言った。

「ミス・ローズ・タトル、ポール・シュスター氏、ビヴァリー・ケント氏、エドウィン・レイドロー氏、あなた。以上、十二人です。あなたの右側がミス・ヴァアーで、左側がミス・タトルです」

礼を言って電話を切った。予定が入ったものの、行きたいかというと怪しい。面白いだろうが、ピリピリ気を遣うはめになるかも。とはいえ、予定は入ったし、教わったバインの番号に電話し、家にいてもらって、うがいしてくれと伝えた。ウルフの机まで行き、カレンダーにロビロッティ夫人の名前と電話番号を書き込んだ。ぼくの外出中、特に大事な仕事がなくても、支援を求めてくる者がいて、儲かる話の場合だってあるだろうから、連絡先を知っておきたいんだと。廊下に出て左に曲がり、スウィングドアを開けて厨房に入った。フリッツは大きなテーブルでニシンの卵にアンチョビバターを塗っていた。

「夕食はぼく抜きだ」と彼に言った。「今年一番の善行をするのさ。さっさと片付けてくるよ」

フリッツはバターを塗る手を止めてぼくを見た。「あいにくだね。仔牛肉の肉巻きのキャセロールに、マッシュルームと白ワインなのに」

「残念だな。でも、行く先にも食べるものくらいあるだろう」

「依頼人かな?」

これは詮索じゃない。フリッツ・ブレンナーは他人のプライベートに鼻を突っ込まない。相手がぼくでもだ。だが、彼は、この所帯、西三十五丁目の古い褐色砂岩《ブラウンストーン》の家に住む人々の幸せに当然関心を持っているし、ぼくの夕食会の予定が幸せにつながるのかを知りたいだけなのだ。幸せには金がかかる。ぼくは給与が必要だし、彼もそうだ。シオドア・ホルストマンは、一日中、時には夜も、植物室で一万株の蘭を世話しているが、彼だって給与が必要だ。ぼくらは食ってかなきゃならない。それも、ウルフの好みで提供され、フリッツが用意する食事でだ。養っていくのは蘭だけじゃない。ウルフは今週、ビルマ産のセロジネを八百ドルで購入した。こんなのは日常茶飯だ。とまあ、いろいろあるし、今の収入源は、問題を処理してもらおうと探偵にお金を払ってくれる人たちだけだ。フリッツは、今抱えている案件がないことを知っているし、ぼくの夕食会の約束が案件絡みなのか訊いただけなのだ。

ぼくはかぶりを振った。「いや、依頼人じゃない」ぼくはスツールに腰掛けた。「元依頼人さ。ロバート・ロビロッティ夫人だ――二年前、百万ドル相当の指輪とブレスレッドを盗まれた人で、ぼくたちが取り戻した。助言がほしいな。君は料理ほどの女性の達人じゃないだろうけど、君だって女を相手にしてきたはずだし、今夜どう振る舞うべきか、意見を聞かせてくれればと」

フリッツは鼻を鳴らした。「女を相手？　君が？　はっ！　数えきれないほどものにしてきた君が！　私の助言？　アーチー、頓珍漢もいいところだ！」

「お褒めにあずかり光栄だな。でも、ああいう女は特別でね」ぼくは指先でテーブルに落ちたアンチョビバターを拭き取って舐めた。「こういうことさ。そのロビロッティ夫人の最初の夫はアルバート・グランサムだ。人生最後の十年を、相続した三、四億ドルの一部を使って、世界とその住人を支援する活動に費やした。未婚の母には支援が必要だと思うだろ」

フリッツは口をへの字に曲げた。「まず、母親と赤ん坊をよく見極めたいね。かわいいかどうか」

「かわいいかどうかの問題じゃない。少なくともグランサムにとってはそうじゃなかった。未婚の母の問題に取り組むのは、彼にすれば大きな事業でもなかったが、個人的に関心を抱いたのさ。彼は事業に自分の名前を付けることはめったになかったが、この事業には付けた。彼がダッチェス郡に建てた施設はグランサム・ハウスといい、今もその名前だ。なにを入れてる？」

「マジョラムさ。試してみようかと」

「彼には黙って、気づくかどうか試したらいい。支援を受けた母親たちがグランサム・ハウスを退所すると、仕事や夫が見つかるまで資金援助を受けたんだ。母親たちはその後も忘れられることはなかった。関係維持の手法は、亡くなる数年前にグランサム自身がはじめたものでね。毎年、自分の誕生日に、妻を通して五番街の自邸の夕食会に母親たちの中から四人招待し、夕食会のお相手に若い男も四人招待した。五年前に彼が亡くなってからも、妻は夕食会を続けている。夫の思い出のためだと言ってね——ところが、彼女は今、ロバート・ロビロッティという、その支援事業とはなんの関係もない男と結婚している。今日はグランサムの誕生日で、ぼくが行く夕食会もそれだ。四人の若者の一人さ」

「いけない！」とフリッツは言った。

「なぜ？」

「君が、アーチー？」

「なぜぼくじゃいけない？」

「なにもかもぶち壊しだよ。一年も経たずに、みなグランサム・ハウスに逆戻りだ」

「まさか」とぼくは厳《いか》めしく言った。「お褒めの言葉はありがたいが、これは真面目な話で、ぼくは助言がほしいんだ。考えてみてくれ。その娘たちは母親だが、支援を受けている母親だ。人生の足掛かりを得ようとしているはず、という話でね。彼女らをあのろくでもない屋敷の夕食会に招待し、娘たちが復帰する社交界から若者四人をテーブル・パートナーとして招待するが、相手には会ったこともなけりゃ、二度と会いそうもないときてる。とんでもない話さ。そう、ぼくにはなにもできない。グランサムを支援なんてできない。死人だからね。ロビロッティ夫人も、生きていようがいまいが、支援したいとも思わない。だが、ぼくにはぼくの問題がある。どうしたらいい？　助言は歓迎だよ」

フリッツは首を傾げた。「なぜ行くんだい？」

「知り合いに頼まれたんだ。なぜぼくを選んだのかは別の問題だが、それはどうでもいい。見物するのも面白いと思って承知したけど、今になって、けっこう憂鬱だなと気づいてね。ともあれ、ぼくは困ってる。どんな戦略でいくか？　陽気に振る舞うか、道化を演じるか、赤ん坊の話をさせるか、火だるまになって地獄を見るか、それとも、立ち上がって、ウェヌスやシェイクスピア夫人、双子を産んだローマの女性といった名の知れた母親について一席ぶつか？」

「そりゃ駄目だ」

「じゃあどうする？」

「わからないね。とにかく、話をし続けることだ」

「よし、もっと話してくれ」

フリッツはぼくにナイフを向けた。「君のことはよく知ってるよ、アーチー。君が私を知っているようにね。これはただのおしゃべりで、私もそれを楽しんでる。君に意見は不要だ。戦略？」彼はナイフでバッサリ切る仕草をした。「はっ！　行って娘たちと会い、自然体で振る舞えばいい。いつもそうじゃないか。我慢できなくなったら帰ればいい。魅力的な娘がいて、男たちに囲まれていたら、脇に引っ張り出して、明日、昼食に誘えばいい。退屈だったら、どんな料理だろうと、嫌というほど食べたらいい。気分を害したら――エレベーターに直行だ！」フリッツは時計を見た。「おや、もう十一時だ！　肉にベーコンを挟まないと！」彼は冷蔵庫に突進した。

ぼくは慌てなかった。ウルフは、事務所に降りてきたとき、ぼくがいると安心し、いないと少し血流が乱れる。そのほうが彼の健康にいいが。というわけで、エレベーターのドアが開き、足音が廊下に響くのを待ち受けた。なぜもっと大きな足音を立てないのか不思議だ。ぼくほど足が長くない彼なら、七分の一トンもの体重で歩くのは大変だと思うところだが、実はそうじゃない。半分の体重かと思うほどだ。彼が自分の机に向かい、特注の特大サイズの椅子に落ち着くのを待ってから、ぼくは中に入った。すると、彼はおはようと唸るように言い、ぼくも挨拶を返した。ぼくらの朝の挨拶はいつもこの時間で、というのも、フリッツが朝食を盆に載せて彼の部屋に持ってきたあと、ウルフは日曜も含めて毎日九時から十一時まで二時間、シオドアと蘭とともに植物室で過ごすからだ。

ぼくは机に座ると言った。「昨日届いた小切手は、天気のせいでまだ預けてません。三時までには天気が回復するかも」

彼はぼくが机の上に置いた郵便物に目を通していたが、「ヴォルマー先生を呼びたまえ」と指示した。

突発的な三月の冷たい雨のごとき些末なことで小切手を銀行に預けないとは病気だな、ということだ。そこで、ぼくは咳をし、くしゃみもした。「それは御免ですね」ときっぱりと言った。「先生はぼくに寝ろと言うかも。こんなにバタバタしてるのに、そんなわけにいかない。あなただって困るでしょう」

彼はぼくをじろっと見て、聞いてはいるが受け入れない意味で頷くと、机のカレンダーに手を伸ばした。郵便物に目を通したあとはいつもこうだ。

「この電話番号はなんだ？」と訊いてきた。「ロビロッティ夫人？　あの女か？」

「そうです。あなたに二万ドル払いたくなかったのに、払った女です」

「今度はなにを求めてきた？」

「ぼくです。今夜七時以降は、ご連絡はそちらへ」

「ヒューイット氏が今夜、デンドロビウムを持参し、レナンセラを見に来る。君も一緒にいると言ったはずだ」

「ええ、そのつもりでしたが、急な話でして。今朝、彼女が電話してきたんです」

「彼女が君に接触を求めているとは知らなかったな。それとも、君のほうが?」

「まさか。請求書の支払い以降、会ったことも話したこともありませんよ。今回は特別です。夫人に雇われて、彼女のことを話したとき、雑誌に載ってた彼女の記事のことを話しましたよね。最初の夫の誕生日に毎年催してる夕食会に関する記事です。四人の娘と四人の男をゲストに呼ぶ夕食会ですよ。娘たちは未婚の母で、リハビリを受け――」

「憶えている。茶番だな。笑劇風のもてなしだ。そんなことに加担するつもりなのか?」

「加担するとは人聞きの悪い。オースティン・バインという知り合いが、風邪で寝込んで行けないから、代わりに出てくれと電話で頼んできたんですよ。ともあれ、ぼくには新鮮な経験だ。気も引き締まる。心も広くなるというものです」

彼は目を細めた。「アーチー」

「はい」

「私が君のプライベートに干渉したことがあるか?」

「ええ。しょっちゅうですね。でも、そうじゃないと思っておられる。まあいい、どうぞ続きを」

「干渉するつもりはない。気まぐれでその手の突飛な演出に関わりたいというならかまわない。ただ、男の値打ちを下げることになるぞ。そういう連中を夕食会に招く目的は明白だ。女たち、あるいは少なくともその一人が、自分と付き合ってくれて、最後は正式に結婚し、既に生まれた赤子はともかく、これから生まれる未来の子どもを嫡出子にしてくれる男に出会うようにすることだ。つまり、君が夕食会に参加するのは詐欺だし、君もよくわかっているはずだ。君には女の尻に敷かれる気などないだろうが、仮にその気があるとしても、相手の女はそんなみっともない運命を辿る女ではないだろう。君は詐欺を働こうとしているのだ」

　ぼくはかぶりを振った。「いえ。それは誤解ですね。そうおっしゃると思って最後までお聞きしたんです。有望なお相手とめぐり合うチャンスを娘たちに授けるのが目的だというなら、ロビロッティ夫人万歳と言わせてもらって、行きません。でも、それは根も葉もない話だし、全然違いますよ。男たちは娘たちが属する社交界から招かれるし、週に六日、夜にブラック・タイを締めるような連中で、そんなチャンスなどありません。娘たちを支援し、力づけてやり、キャビアを味わわせ、選りすぐりの人々との一夜を楽しんでもらい、コングリーヴ作の椅子に座らせてやろうというわけです。もちろん――」

「コングリーヴ（ウィリアム・コングリーヴ。英国の劇作家）は椅子など作らなかった」

「知ってますが、名前を出したくて、ふと思い浮かんだだけです。もちろん、それはでたらめですが、詐欺を働くつもりはありません。運命の出会いがないとも言い切れない。子どもを産んでからのほうが、もっと美しく、気高く、魅力的になる娘もいるのは科学的な事実ですよ。既に家族がいるのも長所だろうし」

「ふん。ならば、行くがいい」

「ええ。フリッツには夕食はいらないと言ってあります」ぼくは席を立った。「仕事はちゃんとやります。昼食前に手紙の返事を出したいのなら、二分で仕上げますよ」

土曜の夜、〈フラミンゴ〉でぼくの夜会服の袖になにかをこぼしたやつがいたのを思い出した。帰ってからクリーナーを使ったが、そのあと確かめていない。二階上の自分の部屋に行き、確かめてみたが大丈夫だった。

第二章

宝石捜しのときに使用人部屋も含めて隅から隅まで見て回ったので、今はロビロッティ夫妻が住む五番街八十丁目のグランサム邸の内部はよく知っていた。ぼくはアップタウンに向かうタクシーの中で、どう振る舞うか心の準備をしていたが、夕食前の集いは二階のミュージック・ルームという部屋だとばかり思っていた。だが、そうじゃなかった。母親たちには音楽を、なのだが。

ぼくを迎えたハケットは実に慇懃だった。以前は雇われ探偵のぼくにいかにもの対応をしたが、正装した招待客となった今、平然と態度を切り替えた。執事にまでなる男なら、相手の等級に応じて帽子やコートをどう扱うかコツを学ぶのだろうが、そう簡単には学べないし、彼の場合は生来のコツなのだろう。「ようこそ」という彼の挨拶を以前の挨拶と比べるのは実にためになる教訓だった。

ぼくは慌てさせてやろうと思った。彼がぼくの帽子とコートを受け取ると、すました顔で、「元気かい、ハケットさん？」と訊いた。

彼は微動だにしなかった。鉄の神経を持つ男だ。「ええ、ありがとうございます、グッドウィン様。ロビロッティ夫人は客間におります」とだけ言った。

「お見事、ハケット。たいしたもんだ」十歩ほどでレセプション・ホールを横切って、アーチ型の入口をくぐった。

客間は天井が高さ二十フィートで、優に五十組のペアが踊れるし、ぼくの寝室くらいの大きさのオーケストラ用アルコーヴまである。アルバート・グランサムの母親が取り付けた三つのクリスタルのシャンデリアもそのままだし、いろんな形やサイズの三十七脚——以前、数えた——の椅子もそうだ。コングリーヴ作ではないだろうが、グランドラピッズ産でもない（グランドラピッズはミシガン州の家具産業で知られる都市）。以前見た多くの部屋の中で、未婚の母親四人組が初対面の相手と会ってくつろぐ場所としては最悪だ。中に入って周りを見まわすと、簡易バーに集まっている人たちと一緒にいるロビロッティ夫人のところへ——どのみちそうするしかないが——歩いていった。彼女は振り向いて握手の手を差し出した。

「グッドウィンさん、よく来てくださったわ」

ハケットほど切り替えは完璧ではなかったが、うまかった。どのみち、ぼくは押し付けられたやつだ。尖《とん》がるほど眉をつり上げた彼女の淡いグレーの目に歓迎のきらめきはなかったが、そもそも誰かなにかにきらめきを見せたことがあったかも怪しい。尖っているのは眉だけじゃない。彼女をデザインした者はなだらかな曲線より尖がりを好んだらしく、例外を残さなかったし、歳月を経て六十近くなった今も変わっていない。目と同じく淡いグレーのドレスも、袖が肘から皺の寄った首の付け根までまっすぐ伸びているため、少なくとも顎の下まで尖がりだらけだ。宝石捜しの仕事のあいだ、夜の身支度をした彼女を二度目にしたが、贅沢さはなかった。今夜のアクセサリーは真珠の首飾りと指輪が二つだけだ。

ぼくはみんなに紹介され、シャンパン・カクテルをもらった。カクテルの最初の一口でなにか変だと感じ、わけを知ろうとバーに歩み寄った。最初の夫の息子、セシル・グランサムがミキシングをしていたが、殺人より悪いことをしていたのだ。ぼくは見てしまった。彼はカウンターの陰で手にしたグラスに、角砂糖を半分、ビターを一、二滴入れ、レモンの皮を添えると、グラスの半分までソーダ水を入れてからカウンターの上に置き、コルドン・ルージュの瓶から中身をグラスのほぼすれすれまで注いだ。いいシャンパンを砂糖やビターやレモンの皮みたいなジャンクで駄目にするのは確かによくある犯罪だが、ソーダ水は殺人に恐怖を添えるようなものだ。酔いを抑えて主賓を守るという純粋な動機からだが、ぼくは詰め寄りたい衝動に駆られ、自制心かソーダ水入りシャンパンかという選択を迫られたが、歯を食いしばって我慢した。セシルが客だけでなく自分のシャンパンにも同じことをするか監視しようと思ったが、新たなゲストが到着したので紹介を受けに行くはめになった。彼は飲み物を一ダース作った。

女主人が、先頭に立ってアーチをくぐって幅広の大理石の階段を上がり、二階の食堂に案内してくれる頃には、ぼくは客の顔と名前を憶えていた。もちろん、ロビロッティや双子のセシルとシリアには以前会っている。ポール・シュスターは細い鼻と黒っぽく鋭い目の男。ビヴァリー・ケントは細面の顔と大きな耳。エドウィン・レイドローは髪を梳《と》かしていないか、梳かしても髪が言うことを聞かない小柄な男だ。

娘たちには、むろん機転と上品さを添えて、かわいい妹をからかうのが好きな兄貴のように振る舞うのが一番だと思っていたし、彼女らの反応は上々だった。ヘレン・ヤーミスは長身だが、少しほっそりしすぎで、大きな茶色の目と、大きな弧を描く口をした女性だ。その口は両端がずっと上向きなら本当の長所になる。彼女は品位を感じさせ、実際持ち合わせてもいるようだ。エセル・ヴァーは、もし物色中だったら、これぞ運命の出会いと思わせるような女だ。ハッとするほどの美女でもないが、いい感じの個性的な顔立ちで、顔が動きや光の明暗に応じて変化するため、ずっと見つめてしまいそうになる。

ぼくならフェイス・アッシャーを運命の人ではなく、妹として選ぶだろう。ほかの娘より兄貴をほしがっているように見えたからだ。実際、彼女は中でも一番かわいらしく、可憐な小顔で、目には緑がかったきらめきがあり、姿態も可憐で、ナイスな体つきだったが、肩をだらりとさせ、顔の筋肉をピンと引き締めてすぐに皺を作り、全力で長所を台無しにしていた。然るべき兄貴がいれば彼女に奇跡を起こせたかもしれないが、彼女はテーブルの反対側だし、左をビヴァリー・ケント、右をセシル・グランサムに挟まれていて、食事中にそんなことをやるチャンスはなかった。

ぼくの左はローズ・タトルだが、兄貴がほしい様子はまったくない。丸顔に青い目、ポニーテール、そして、口はロビロッティ夫人に献上してもまだ十分残るくらい弧を描いている。生まれつき元気いっぱいの娘で、うっかり赤ん坊一人生んだくらいでは打ち消せないほどの元気のよさだ。それどころか、すぐにわかったが、赤ん坊を二人生んでもまだ元気に満ちている。彼女は牡蠣をフォークにバランスよく載せたまま、ぼくのほうを向き、「グッドウィン？　それがあなたの名前？」と訊いてきた。

「そう。アーチー・グッドウィン」

「変だと思ったの」と彼女は言った。「エドウィン・レイドローさんとオースティン・バインさんのあいだに座るようにあの方から言われてたのに、あなたの名前はグッドウィンだから。先日、友だちにこのパーティーに行くって話したら、未婚の父もいるはずよと言われたの。名前を変えたみたいね
――あなた、未婚の父なの？」

機転を忘れるな、と自分に言い聞かせ、「半分は正解だ」と言った。「ぼくは未婚だ。でも、わかってる限りでは、父親じゃない。バイン氏が風邪で来られなくなって、代わりを頼まれたんだ。彼は運

が悪く、ぼくは運がよかったのさ」

彼女は牡蠣を食べ、もう一つ食べると——食べ方も元気いっぱいだ——またこっちを向いた。「社交界の男がみんな、この前このパーティーに来てたような男たちなら、ちっとも惜しいと思わないって友だちに話したけど、男たちのほうも同じこと思ってるわね。ちなみに、あなたは違うわ。あなたがヘレンを笑わせたのに気づいたの——ヘレン・ヤーミスよ。彼女が笑うのを見たのは初めて。気にしないんなら、友だちにあなたのこと話すわ」

「かまわないよ」牡蠣を食べるのに小休止だ。「でも、誤解されたくないね。ぼくは社交界の男じゃない。労働者階級さ」

「あら！」彼女は頷いた。「それでわかったわ。どんなお仕事？」

分別を忘れるな、と自分に言い聞かせた。ロビロッティ夫人が主賓を監視させるために探偵を雇ったとミス・タトルに思わせちゃいけない。「そうだな」とぼくは言った。「トラブルシューティングというのかな。ネロ・ウルフという男の下で働いてる。聞いたことがあるかも」

「あるわ」牡蠣がなくなり、彼女はフォークを置いた。「確か……ああ、思い出した。あの殺人事件。あの女。スーザンなんとか（スーザン・ジャレルは前作"If Death Ever Slept"の登場人物）。探偵ね」

「そのとおり。彼の下で働いてる。でも、ぼくは——」

「あなたもね。探偵よ！」

「仕事中はそうだけど、今夜は違う。今は遊んでるのさ。楽しんでるだけだ——ぼくもね。なにが言いたいんだか——」

ハケットと女性アシスタント二人が牡蠣の皿を下げていたが、ぼくが口を閉ざしたのはそのせいじゃない。テーブルの反対側からロバート・ロビロッティが邪魔をしたのだ。彼はシリア・グランサムとヘレン・ヤーミスのあいだに座っていて、静粛を求めていた。ほかの声が静まると、ロビロッティ夫人が声を上げた。「なによ、ロビー？ またあのノミの話？」

夫は妻に微笑みかけた。宝石捜しのときの経験から、微笑んでいようがいまいが、ぼくは彼を好きになれなかった。公平な目で見たいところだし、眉毛を抜き、薄い口髭を生やし、長い爪にマニキュアをした男を取り締まる法律がないことも知っている。彼が腰帯《ガードル》を身に着けてるというぼくの疑いはただの疑いでしかない。アルバート・グランサム夫人と結婚したのが金目当てだったとしても、理由なしに結婚する男などいないことも率直に認める。あの女では、ほかの理由を考えるのはほぼ無理だろう。彼にはぼくが見逃している隠れた美点があるのかもしれない。一つだけ確かなことは、ぼくの名前がロバートで、なにかの理由で十五歳年上の女と結婚し、その女が尖がりばかりでできていたら、彼女に自分をロビーとは呼ばせないということだ。

彼のために言っておく。彼は妻に口をはさませなかった。静粛を求めたのは、ノミの研究をする広告代理店の重役の話をしたかったからだし、かまわずその話をした。ぼくはソール・パンザーからもっと上手な説明を聞いていたが、ロバートも要領よく話し、聞き手の反応もまずまずだった。三人の社交界の男たちは、機転と分別と上品さを添えて笑った。ヘレン・ヤーミスは口の両端を上げて笑顔を見せた。グランサムの双子は同情を示す視線を交わした。フェイス・アッシャーはテーブルの反対側のエセル・ヴァーの視線に気づき、首をほとんど動かさずにかぶりを振り、目を伏せた。すると、エドウィン・レイドローが、見えないインクで本を書いた作家の話をして茶々を入れ、続いてビヴァリー・ケントが、自分がどっちの味方なのか忘れてしまった陸軍大将の話をした。雛鳥の料理が出される頃には、ぼくらはみな幸せな――まあまあ幸せな――一つの大家族になっていた。一つ問題があった。ウルフの食卓では雛鳥は素手で食べる。もちろん、それしか実際的な食べ方がないのだが、パーティーを台無しにしたくなかった。ローズ・タトルは片手でフォークを雛鳥に突き刺し、もう片方の手で脚をつかんで引っ張ってうまくいった。

ミス・タトルがなにか言い、ぼくは機転を利かせて応じようと思ったが、彼女は左隣のエドウィン・レイドローと話していたので、ぼくは右隣のエセル・ヴァーに目を向けた。彼女の顔には特に驚くような特徴はなかったが、近くで横顔を見ると、また違って見える。こっちを向いて目と目が合うと、また新しい顔になっていた。

「ぼくの言うことを気にしないでほしいんだが」と言った。

「そうしたいけど」と彼女は言った。「聞いてからじゃないと約束できないわ」

「一か八か言うよ。ぼくが君をじっと見つめているのに気づくかもしれないから、わけを説明しておきたいんだ」

「どうかしら」彼女は微笑んでいた。「説明しないほうがいいかも。がっかりさせられるかもしれないし。それより、見つめたいから見つめていたと思うほうがましかも」

「そう思ってもらってもいい。見つめたくなかったら、見つめなかったさ。実は、君がもう一度同じ顔になるところを捉えようとしたんだ。君はほんの少し顔の向きを変えるだけで違う顔になる。そんな顔の人もいるが、君ほど変わる人は見たことがない。そう言われたことはないかい?」

彼女は口を開けたが閉じ、すぐに顔を背けた。ぼくは自分の料理に戻るしかなくてそうしたが、彼女はすぐにまたぼくのほうを向いた。「ねえ」と言った。「私、まだ十九なの」

「ぼくだって十九だったさ」ときっぱりと言った。「十九歳はよかったとも言えるし、みじめだったとも言える」

「そうね」と彼女は頷いた。「私、まだ物事の受け止め方を心得てないけど、これから学ぶわ。私も馬鹿ね——そう言われたくらいのことで。そのとおりよと言えばよかった。前にも言われたことがあるの。顔のことで。何度もね」

するとぼくはまずいことを言ったわけだ。なにが禁句でなにがそうじゃないかもわからないくせに、機転が利くと言えるのか？　変化する顔をしているだけで、娘に赤ん坊は生まれない。ぼくは地団駄を踏んだ。「なに、所詮はぼく個人の意見だし、なぜ君を見つめてたのか説明したかっただけさ。苦手な話とわかってたら言わなかったよ。やり返したらいい。ぼくは馬の話が苦手なんだ。降りるときにあぶみに足を引っかけたことがあってね。馬の話をしたらいい。馬のことを訊かれたら、ぼくの顔つきも変わるよ」

「セントラルパークで乗ったんでしょ。競技場で？」

「いや、ある夏、西部でさ。続けてくれ。顔色がよくなってきたね」

ぼくたちはしばらく馬の話をしていたが、彼女の右隣のポール・シュスターが口を出してきた。これは責められない。彼の右隣はロビロッティ夫人だから。だが、エドウィン・レイドローがローズ・タトルとまだ話し込んでいた。チェリー・プディングにホイップクリームがトッピングされたデザートが出てきて、やっと彼女がさっき言ったことを訊くチャンスが巡ってきた。

「君の話をちゃんと聞いてなかったかもしれないな」とぼくは言った。

彼女はプディングを飲み込んだ。「私がちゃんと言わなかったのかも。よくあることよ」彼女はぼくのほうに顔を寄せ、声を落とした。「レイドローさんはあなたのお友だち?」

ぼくはかぶりを振った。「初対面さ」

「あなたってなにも見逃さないのね。彼は出版業を営んでるの。ねえ、私って、去年、アメリカ、イギリス、その他もろもろの国で本が何冊出版されたかを知りたくてたまらないみたいに見える?」

「いや。見えないな。知らなくても君は大丈夫だ」

「ずっと大丈夫よ。私、なにかおかしなこと言った?」

「おかしなことを言ったとは言ってない。以前このパーティーに来ていた社交界の男たちのことを言ってたように思ったんだが、意味がよくわからなくてね。今日と同じ別のパーティーの話をしていたのかなと」

彼女は頷いた。「ええ、そうよ。三年前のこと。夫人は毎年パーティーを開いてるの」

「うん、知ってる」

「私には二度目。さっき話した友だちは、私がもう一人赤ちゃんを産んだのは、ここに招待されてもっとシャンパンが飲めるからでしょって言うんだけど、そんなにシャンパンが好きなら、もっとたくさん、しょっちゅう飲むわ。また招待されるなんて思ってもみなかった。私、いくつに見える?」

ぼくは彼女を見つめた。「そう――二十一かな」

彼女は喜んだ。「気を遣って五年引いたのね。それなら正解よ。私は二十六。だから、子どもを産むと老けるって嘘よ。もちろん、八人とか十人とかたくさん産めば、その頃には老けてるでしょうけど。二人産まなかったら、もっと若く見えたなんて思わないわ。どう思う?」

これは困った。ぼくはよく理解した上で招待を受け入れた。女主人には、このパーティーがどういうものか、いかに大事か理解していると話したし、彼女もぼくを信じた。ぼくは、この集まりの道徳的・社会的立場に多少は責任を負っている。この元気いっぱいの未婚の母は、その問題全体を、老けたかどうかというたった一つの問いで判断している。もしぼくが「うん、そうだね」と言えば、それは本当のことだし、機転を利かせたことにもなるが、彼女の遍歴をいけないことだとたしなめるのは偽善だと認めたことになる。ぼくが聖職者なら、「うん」と言いつつも、偽善じゃないやり方でいろいろたしなめることもできただろう。だが、聖職者じゃないし、彼女もどのみちそんな話は聞いたはずだが、心に残らなかったのだ。ぼくは三秒で解決した。彼女が子どもを産み続けてもぼくには関係ないが、彼女をそそのかすつもりもまったくない。だから嘘をついた。

「いや、若く見えただろうね」と言った。

「え?」彼女は腹を立てた。「そう思うの?」

ぼくはきっぱりと言った。「ああ。君も認めたように、気を遣って五年差し引き、二十六だと言ったのさ。君が赤ちゃんを一人しか産んでいなかったら、二十三に見えたかもしれないし、一人も産んでいなかったら、二十歳に見えたかも。証明はできないが、そんなところさ。プディングを食べよう。食べ終わっちゃった人もいるよ」

彼女は元気いっぱいでプディングのほうを向いた。

主賓たちはあらかじめ段取りの説明を受けていたらしく、ハケットが合図を受けてロビロッティ夫人の椅子をうしろに引いてやり、彼女が立ち上がると、我々騎士もパートナーの椅子をうしろに引いてやり、女性たちは女主人とともにドアのほうに向かった。彼らが出て行くと、男たちは再び座った。

セシル・グランサムは大きな音を立てて思い切り息を吐き、「最後の二時間が試練だな」と言った。

ロビロッティは、「ブランデーをくれ、ハケット」と言った。

ハケットはコーヒーを注ぐのをやめて彼のほうを見た。「キャビネットは鍵がかかっております」

「わかってる。鍵を持ってるだろ」

「いいえ、奥様が持っておられます」

気まずい沈黙を招きそうだったが、セシル・グランサムは笑って、「斧を持ってきてくれ」と言った。

ハケットはコーヒーを注いだ。

細面の顔と大きな耳をしたビヴァリー・ケントが咳払いをした。「少し足りないくらいがちょうどいいですよ、ロビロッティさん。どのみち、招待を受けた時点でプロトコールを理解していましたから」

「プロトコールじゃない」とポール・シュスターが異議を唱えた。「プロトコールはそんな意味じゃない。驚いたな、ベヴ。プロトコールの意味もわからないようじゃ、大使にはなれないぞ」

「どのみちなれないよ」とケントは言った。「ぼくは三十歳で、大学を出て八年だが、それで今はなんだ？　国連代表部の使い走りさ。それで外交官だって？　でも、将来有望な若手企業弁護士より、プロトコールのなんたるかを知ってるよ。君がプロトコールのなにを知ってる？」

「さして知らないな」シュスターはコーヒーを飲んでいた。「プロトコール自体はさして知らないが、その意味は知ってるし、君の使い方は間違ってる。ぼくが将来有望な若手企業弁護士だというのも間違いだ。弁護士に有望もへったくれもない。ぼくに言えるのはそこまでだが、君より一年若いから、希望はある」

「誰にとっての希望だい？」とセシル・グランサムが訊いた。「君か、それとも企業か？」

「その〝プロトコール〟って言葉だが」とエドウィン・レイドローが言った。「ぼくが教えてやるよ。ぼくは出版社主だから、ぼくこそ言葉の権威さ。その言葉は二つのギリシア語に由来し、プロートスは〝最初の〟、コラは〝糊〟という意味だ。では、なぜ糊なのか？　古代ギリシアでは、プロートコロンは文書の説明が書いてある最初の一枚で、パピルスの巻物に糊付けされていたからだ。今日、プロトコールはさまざまな種類の文書――なにかの原案だったり、手順の説明だったり、協定の記録だったりする。とすれば、君の言うとおりだがね、ポール、プロトコールには礼儀作法のルールの意味もあるから、ベヴの言うことにも一理ある。だから、二人とも正しい。今夜のパーティーには特別な礼儀作法が必要なのさ」

「ポールに賛成だ」とセシル・グランサムは言った。「酒のキャビネットに鍵をかけるのは礼儀作法じゃない。専制政治だ」

ケントはぼくのほうを向いた。「君はどう思う、グッドウィン？　君が探偵なら、答えを当てられるんじゃないか」

ぼくはコーヒーカップを下に置き、「なにを議論してるのか、ちょっとわからないな」と言った。

「〝プロトコール〟という言葉を正しく使ったかどうかを決めたいだけなら、辞書を引くのが一番だ。二階の書斎にある。だが、ブランデーがほしいのにキャビネットに鍵がかかっているのなら、誰かがリカーストアに行くのが一番だ。八二番地とマディソン街の角にある。コイン投げで決めてもいい」

「実際的なやつだな」とレイドローが言った。「行動的なやつだ」

「辞書がどこにあり、リカーストアがどこにあるか知ってるわけだ」とセシルが言った。「探偵はなんでも知ってるのさ」彼はぼくのほうを向いた。「ところで、探偵と言えば、君は仕事でここに来てるのか？」

その口調にはさほど気に留めず、ぼくは眉をつり上げた。「仕事だとしたら、ぼくがどう答えると？」

「なに——仕事じゃないと言ってただろ」

「仕事じゃないとしたら、どう答えると？」

ロバート・ロビロッティは鼻を鳴らした。「一本取られた《トゥシェ》な、セシー。やり直しだ」彼は「シーシ」と発音した。セシルの母親は「セッセル」と呼び、妹は「セッセ」と呼ぶ。

セシルは義父を無視し、「訊いただけだ」とぼくに言った。「訊いちゃいけないのか？」

「なに、かまわないさ。答えただけだ」ぼくは首を左右に動かした。「その質問が出たとあっては、みな気になるだろうな。仕事で来てるのなら、グランサムへの今の答えで終わりだが、仕事じゃないから、説明したほうがいいだろう。今朝、オースティン・バインが電話してきて、代わりに出てくれと頼まれたのさ。それでも気になるなら、彼に確認すればいい」

「どうでもいい話だな」とロビロッティは言った。「私には関係ない」

「ご同様だ」とシュスターは頷いた。

「ふん、気にしないでくれ」とセシルはぴしりと言った。「なんだよ、ちょっと気になっただけさ。母親たちのところに行くかい？」

ロビロッティは冷ややかに彼を一瞥した。そもそもホストは誰だと思ってる、とばかりに。「そう言おうと思ったのさ」と言った。「コーヒーのおかわりはどうだね？　要らないか？」彼は椅子から離れた。「ミュージック・ルームでみんなと合流して、一階へお連れしよう。各自、夕食会のパートナーと最初に踊るんだ。さあ、皆さん」

ぼくは立ち上がり、ズボンを揺すって裾を下ろした。

第三章

当然だが、アルコーヴでは生バンドが演奏していた――ピアノ、サックス、バイオリン二丁、クラリネット、打楽器類だ。レコードプレーヤーとスピーカーでもよかっただろうが、未婚の母たちのためには出費は惜しまないわけだ。もちろん、出費という点では、バンドの費用は飲み物の節約――ソーダ水割りのカクテル、夕食会でのワイン代わりのピンク色の飲み物、ブランデー禁止――でほぼ相殺されるから、さほど贅沢でもない。一時間ほど踊ったあと、思い切って派手に飲んでいると、ハケットがバーに入り、シャンパンのコルドン・ルージュを開け、希釈も混ぜ物もせずにストレートで注いだ。ロビロッティ夫人は、あと一時間ほどだから、計算した上で思い切ることにしたようだ。

ローズ・タトルは、ダンスのパートナーとしてはイマイチだった。体つきは立派だし、リズム感もそれなりにあるが、そういう問題じゃない。基本的な態度の問題なのだ。元気よく踊るが、もちろん、それでは駄目。元気のよさでは踊れない。ダンスはもっと奥が深い。粗野でも、生真面目でも、陽気でも、淫らでも、芸術のための芸術でもいいが、元気なのは駄目だ。たとえば、元気がいいと、しゃべりすぎてしまう。ヘレン・ヤーミスはまだましだった。生真面目すぎでなければ、もっとましだったろう。ぼくたちは一緒にリズムに乗り、調子よくいきそうだったのに、彼女は突然堅苦しくなり、ただの動く人形になってしまった。彼女の体格はぼくにぴったりで、頭のてっぺんがぼくの鼻の位置に来て、弧を描く大きな口に近づくたびに、その口が気に入った——両端が上向きでにっこりしていれば。

ロビロッティが彼女を次のパートナーのところに導いていった。周りを見まわすと、主賓はみなパートナーがいて、シリア・グランサムがぼくに近づいてきた。ぼくはじっとして、彼女が来るのを待った。手が届くところまで来て止まると、彼女は顔を上げた。

「私と踊る？」と言った。

機転は未婚の母たちのために使うものだ。この娘で無駄遣いしても意味がない。「踊るといいことでもあるのかな？」と言った。

「まさか」と彼女は言った。「あるわけないわ。でも、私と踊らずにすませられるの？」

「簡単だ。足が痛いと言って、靴を脱ぐのさ」

彼女は頷いた。「本気？」

「もちろん」

「本気のようね。私をいじめればいいわ。あなたとはもう踊れないの？　心の痛みを墓場まで持ってかなくちゃいけないわけ？」

そのままに書いているが、たぶん間違った印象を与えている。この娘には過去に会っているのだ——「娘」と言っても、二人の子持ちのローズ・タトルより二歳くらい上だ——会ったのはちょうど四回だ。うち三回は宝石捜しでこの屋敷にいたときで、三回目は彼女と束の間二人きりになったとき。なぜか会話の流れで〈フラミンゴ〉での食事とダンスの約束をし、その約束を守った。結果は駄目。彼女はダンスがうまく、とても上手だったが、酒もよく飲み、深夜頃にほかの女性と諍いを起こし、ぼくらは店を追い出されてしまった。それから数か月、彼女はやり直そうと電話を二十回ほどかけてきたが、ぼくは多忙を言い立てた。ぼくにすれば、〈フラミンゴ〉には街で最高のバンドがいるし、いつまでも冷たい視線を浴びるのは御免だったのだ。しつこく誘ってきたのも、ぼくと知り合ってぞっこんになったからと思いたいところだが、単に頑固でやめられなかっただけだろう。彼女はとうに忘れてると思っていたが、ここへ来てまたはじまったわけだ。

「心の痛みじゃない」とぼくは言った。「ただの頭痛さ。君は我が強すぎる。ぼくらは意地のぶつけ合いをしているだけだ。それに、君と踊りはじめたら、一、二巡もすれば、君は感情を爆発させて、ぼくに殴りかかって暴言を吐き、パーティーが台無しになる気がする。君の目を見ればわかるよ」

「私の目に宿るのは情熱よ。情熱を見てもわからないのなら、もっと人付き合いを広げなきゃ。聖書は持ってる?」

「いや、持ってくるのを忘れた。書斎に一冊あるよ」内ポケットから、いつも持ち歩いている手帳を出した。「これでいいかい?」

「いいわ、表紙を上にして」そうすると、彼女は掌を載せた。「私と踊ってくれたら、なにがあろうとあなたに従い、あなたの嫌なことはしないと誓うわ」

なにしろ、ポール・シュスターと踊っていたロビロッティ夫人がぼくらのほうを見つめていた。手帳をポケットに戻し、夫人の娘とは話がまとまり、三分後には、こんなにうまく踊れる娘ならなんでも許してやろうと決めていた。

バンドがひと息ついたので、ぼくはシリアを椅子に座らせ、彼女ともう一度踊るのが機転の利かせ方だろうかと考えあぐねていると、ローズ・タトルが一人でやってきて、ぼくのそばに来た。シリアは女同士のもの言いで彼女に話しかけた。

「グッドウィンさんがお目当てなら文句は言えないわ。ダンスができるのは彼だけだもの」

「ダンスじゃないの」とローズは言った。「どのみちダンスは下手だし、そんな度胸はないわ。彼に話したいことがあるの」

「どうぞ」とぼくは言った。

「プライベートなことなの」

シリアは笑い、「うまいわね」と言うと立ち上がった。「私なら百語は必要なのに、あなたは二語でやってのける」彼女が離れてバーのほうに行くと、バーにいるハケットがシャンパンを開けた。

「座れば」とぼくはローズに言った。

「いえ、すぐすむ話なの」彼女は立ったままだ。「探偵さんなら、知っといてもらったほうがいいと思って。ロビロッティ夫人はトラブルを避けたいに決まってるから、夫人に言おうかと思ったけど、あなたに話したほうがいいと思ったの」

「ここじゃぼくは探偵じゃないよ、ミス・タトル。さっきも言ったが、ここに来たのは楽しむためさ」

「わかってるわ。でも、あなたは探偵だし、ロビロッティ夫人に話すべきだと思ったら話せるでしょ。夫人がどんな人か知ってるから、私からは話したくないの。でも、なにか恐ろしいことが起きたら、誰にも話さなかったことで私が責められるわ」

「なぜ恐ろしいことが起きると？」

彼女はぼくの腕に手を載せた。「絶対起きるとは言わないけど、起きるかも。フェイス・アッシャーは今もあの毒を持ち歩いてるの。バッグの中よ。でも、あなたは知らないでしょ」

「知らないな。どんな毒？」

「自分用の毒よ。グランサム・ハウスで、シアン化物だと言って、小さな瓶入りの毒を私たちに見せたの。スカートに小さなポケットを付けて、そこにいつも入れてた。ドレスにもポケットを付けてたわ。自殺する気はないけど、そんな気になるかもしれないし、自殺するならその毒を持っていたいと言ってた。ただの芝居だと思う人もいたし、彼女をからかう人もいたけど、私はそうじゃなかった。本気じゃないかと思ったし、そうなったら、からかった私が責められるもの。彼女はもうハウスを出所して仕事に就いてるし、そんなのは克服したと思ってた。でもさっき、ヘレン・ヤーミスが二階の化粧室で彼女と一緒になって、バッグの中に瓶があるのに気づいたの。毒はまだ入ってるのかと訊いたら、そうだって」

彼女は口を閉ざした。「それで？」とぼくは訊いた。

「それでとは？」と彼女が訊いた。

「それだけ？」

「それで十分よ。私みたいにフェイスのことを知ってればね。この豪邸で、執事がいて、男たちが着飾って、化粧室があって、シャンパンがあって――やるとしたら、ここはまさに打ってつけの場所よ」彼女はまた不意に元気いっぱいになり、「私だってやるわ」と言った。「シャンパンの中に毒を入れて、グラスを持って椅子の上に立ち、高く掲げて、『私たちの悲しみに乾杯』と叫ぶの――コーラを飲むとき、仲間の一人がよく言ってた言葉よ――飲み干したら、グラスを投げ捨て、椅子から降りて床にくずおれる。そして、男たちが私を支えようと駆け寄ってくる――死ぬまでにどのくらいかかるの?」

「二分だ。たっぷり入れればもっと短い」彼女はまだ手をぼくの腕に載せていたので、その手を軽く叩いた。「よし、よく話してくれた。ぼくだったら気にしないが。君も瓶を見たのか?」

「ええ、見せてくれたわ」

「臭いがした?」

「いいえ、瓶は開けなかった。ねじ蓋だったわ」

「ガラス瓶? 中身は見えた?」

「いいえ、プラスチック製だと思う」

「ヘレン・ヤーミスはバッグの中にあるのを見たんだね。どんなバッグ?」

「黒い革のバッグよ」彼女は周りを見まわした。「椅子の上にあるわ。指し示したくないけど——」

「目で指し示してくれたよ。わかった。気にしなくていい。恐ろしいことが起きないよう見てるから。踊るかい?」

一緒に踊ってくれた。ぼくらは陽気な渦に加わり、バンドが休憩すると、シャンパンを飲みにバーに行った。ぼくは次にフェイス・アッシャーを誘った。

フェイス・アッシャーは一年以上前から芝居がかった真似をしていたし、プラスチック瓶の中身はアスピリンか塩漬けピーナッツかもしれないし、仮にシアン化物だったとしても、ローズ・タトルが言うような自殺に打ってつけの場所とも思えず、なにかが起きる可能性は一千万分の一くらいだったが、それでもぼくは頼りにされた以上、バッグからもフェイス・アッシャーからも目を離さなかった。彼女と踊っているあいだは、バッグを気にしなくていいから楽だった。

前にも言ったように、彼女を妹に選ぼうと思ったのは、兄貴をほしがっていそうに見えたからだが、この中で一番かわいかったこともあるかもしれない。彼女も顔の筋肉がほぐれて生き生きとしていた。たまに拍子が外れるが、一緒に踊っていて楽しい。たまにぼくのリードが気に入ると、彼女の目に緑がかった光がきらめいた。ダンスを終えると、彼女がほしがってるのは兄貴じゃないと思えてきた。いとこのほうがよさそうだ。

もっとも、兄だろうといとこだろうと、少なくともダンスのパートナーについては彼女なりの考えがあるようだ。ぼくらが窓際にいると、出版社主のエドウィン・レイドローがやってきて、彼女に会釈して話しかけた。

「ぼくと踊りませんか、ミス・アッシャー？」

「いえ」と彼女は言った。

「お願いしますよ」

「嫌よ」

当然だが、なぜだろうと思った。彼の身長は彼女と二インチしか違わないし、彼女は背の高い男が好きなのか——たとえば、ぼくのように。あるいは、彼が髪を梳かさず、あるいは梳かしていてもそう見えなかったからか。もっと個人的なことで、レイドローが彼女を怒らせるようなことを言ったのなら、それはテーブルにいたときじゃない。二人はさほど近くにいなかったからだ。だが、もちろん、その前かあとであったことかも。レイドローは踵を返して離れていった。バンドが演奏をはじめたので、ぼくはもう一度ダンスに誘おうと口を開きかけたが、セシル・グランサムが来て彼女を誘った。彼はぼくと同じくらいの身長で、髪もきちんと整っていたからよかったのかも。ぼくはエセル・ヴァーを誘いに行ったが、顔が変わることはもう言わなかった。ぼくは踊りながらずっと首をよじるはめにならぬよう気をつけたが、フェイス・アッシャーと、まだ椅子の上にある彼女のバッグを監視し続けた。

恐ろしいことが本当に起きたとき、ぼくは起きるとはまったく思っていなかった。自分は勘がいいと思いたいし、実際いいことが多いのだが、そのときは勘が外れた。厄介なことに、ぼくはフェイス・アッシャーを監視しながらエセル・ヴァーとしゃべっていた。フェイスが死のうとしているのなら、そして、ぼくの勘がいいのなら、少しは自分の呼吸が速まるのを感じそうなものだが、それさえもなかった。セシル・グランサムが彼女を椅子までエスコートした。バッグが載っていた椅子はそこから十五フィートほど離れていた。彼女が椅子に座ると、セシルは二分後にシャンパンを持って戻ってきて、彼女にグラスを手渡した。セシルはグラスを掲げ、乾杯の言葉を口にした。ぼくはエセル・ヴァーに失礼にならぬよう気をつけながらフェイスを横目で見ていたが、そのときは、両目でまっすぐフェイス・アッシャーを見つめていた。勘がいいと言うつもりはない。シャンパンに毒を入れるというローズ・タトルの話が心に焼き付き、気になっていただけだ。こうしてフェイス・アッシャーを両目で見つめていると、彼女は一口飲んで体をこわばらせ、全身を震わせてビクッと立ち上がりかけ、悲鳴とも呻き声ともつかぬ声を上げてくずおれた。倒れながら一瞬椅子の端にもたれかかり、セシルが彼女をつかまなければ床にばったり倒れていただろう。

その場に行くと、セシルが彼女を支えようとしていた。ぼくは彼女を横にするように言い、彼女の肩をつかんで、医者を呼んでくれと声を上げた。そっと床に寝かせると、彼女は痙攣を起こし、頭をガクガクさせ、脚をばたつかせた。セシルが彼女の足首をつかもうとしたとき、ぼくはやめろと言い、誰か医者を呼びに行ってくれたかと訊くと、うしろにいた誰かがイエスと答えた。ぼくは膝をつき、彼女が床に頭を打ち付けないように抑えていたが、目を上げて周りを見ると、ロビロッティとケントとバンドリーダーがみなを近寄らせないようにしていた。すぐに痙攣が静まりはじめ、やがて止まった。激しい喘ぎ声でせわしく呼吸していたが、次第に間延びして弱まり、首がこわばるのを感じた。麻痺しつつあるとわかった。医者が来ても手遅れだ。

セシルがぼくに吼《ほ》え立て、ほかの声も聞こえると、ぼくは頭を上げて、「みんな黙ってくれないか？　もうなにもできない。誰だろうと」と激しく言った。ローズ・タトルの姿が見えた。「ローズ、あのバッグを見張っててくれ。触っちゃ駄目だ。その場から離れず、目を離さないでくれ」ローズはバッグのところに行った。

ロビロッティ夫人がぼくのほうに一歩進み出て言った。「ここは私の屋敷よ、グッドウィンさん。この方たちはお客様なのに。彼女、どうしたの？」

喘ぐ息の臭いを嗅いだぼくは、詳しく話すこともできたが、それはすぐ訪れる彼女の絶命後でもいいし、説明は飛ばし、「医者を呼んでるのは誰だ？」と訊いた。

「シリアが電話してる」と誰かが言った。

ぼくは膝をついたまま、また彼女のほうを向いた。腕時計を見ると十一時五分。彼女が床に横たわって六分だ。口は泡を吹き、目は虚ろで、首は硬直していた。ぼくは二分ほど、じっと彼女を見つめ、ほかの者が手を貸そうとしても無視し、彼女の手に触れ、中指の爪を強く押した。指を離しても爪は白いままで、三十秒ほど経っても血色が戻る気配はなかった。

ぼくは立ち上がり、ロビロッティに話しかけた。「ぼくが警察に電話しましょうか、それともあなたから？」

「警察？」彼はその言葉をうまく言えなかった。

「ええ。彼女は死にました。ぼくはこの場から離れたくないので、すぐ電話してください」

「駄目よ」とロビロッティ夫人が言った。「医者は呼んだわ。ここで指示を出すのは私よ。私が必要だと判断したら、自分で警察に電話するわ」

腹が立ってならない。むろん、これはまずい。厄介な状況で腹を立てるのは絶対に間違いだ。なによりも自分に腹を立てるのは。だが、どうしようもない。たかが三十分前、ぼくはローズに、任せてくれと言った。恐ろしいことが起きないよう見ているから、と。それがどうだ。ぼくは周りを見まわした。男も女も、期待の持てる顔は一つもない。夫と息子、二人の主賓、執事、三人の騎士――誰一人、ロビロッティ夫人に言い逆らう者はいない。シリアはそこにいない。ローズはバッグを見張っている。すると、肩幅が広く、顎が四角ばったバンドリーダーが、アルコーヴに背を向けてその端に立ち、冷静に状況を見つめているのに気づいた。彼に呼び掛けた。

「ぼくの名はグッドウィン。君は？」

「ジョンスンです」

「夜通しここにいたいかい、ジョンスンさん？」

「いえ」

「ぼくもだ。この女性は殺されたようだ。警察も同じ判断をしたら、どうなるかわかるだろう。だから、すぐに警察を呼んだほうがいい。ぼくはライセンスを持った私立探偵だ。遺体から離れるわけにいかない。レセプション・ホールのテーブルに電話がある。番号はスプリング七―三―一〇〇だ」

「よし」彼はアーチに向かった。ロビロッティ夫人は待ちなさいと言い、立ち塞がろうとしたが、彼は夫人をかわし、かまわずに進んだ。夫人は男たちに呼びかけた。「ロビー！　セシル！　あの男を止めて！」

反応はなく、彼女はぼくのほうをくるっと向いた。「私の屋敷から出ていって！」

「そうしたいところですが」とぼくは言った。「出ていっても、すぐ警察に連れ戻されます。当分は誰もこの屋敷から出られませんよ」

ロビロッティが来て妻の腕をつかんだ。「無駄だよ、ルイーズ。恐ろしいことだが、仕方がない。こっちへ来て座りなさい」彼はぼくのほうを見た。「なぜ殺されたと思う？　なぜだ？」

有望な若手弁護士、ポール・シュスターが口を開いた。「ぼくも訊こうと思ったんだ、グッドウィン。彼女はバッグの中に毒の瓶を入れていた」

「なぜ知ってる？」

「ゲストの一人が教えてくれた。ミス・ヴァーだ」

「ゲストの一人がぼくにも教えてくれたのさ。だからミス・タトルにバッグの見張りを頼んだんだ。それでも、この娘は殺されたと思う。だが、その理由は警察が来てから話す。君たちは――」

シリア・グランサムが駆け込んできて、「彼女の具合は？」と言うと、ぼくのそばに来て、フェイス・アッシャーを見下ろした。「なんてこと」と言い、なにかつぶやくと、ぼくの腕をつかんで、「どうしてなにもしないの？」と言った。彼女は口をぽかんと開けたまま、また見下ろした。ぼくは彼女の肩をつかみ、振り向かせた。「ありがとう」と彼女は言った。「なんてこと、とてもかわいい子だったのに。死んだの？」

「ああ。医者は呼んだのか?」

「ええ、すぐ来るわ。うちのかかりつけ医はつかまらなかった。呼んだのは——死んだのなら、医者を呼んでなんになるの?」

「医者がそう言うまで、誰も死んでいない。それが法律だ」ぎゃあぎゃあ騒いでいる者もいたので、ぼくは振り返って声を上げた。「座って楽にしたほうがいい。椅子はたくさんあるが、バッグが置いてある椅子には近づかないでくれ。部屋を出たいというなら止められないが、出ないほうがいい。警察が誤解するかもしれないし、答えなきゃならない質問が増えるだけだ」ブザーが鳴り、ハケットが出ようとしたが、ぼくは止めた。「いや、ハケット、ここにいたまえ。君もぼくらと同じ立場だ。ジョンスンさんが中に入れてくれるだろう」

彼は指示に従った。豪邸のドアは音を立てないため、ドアが開く音はしなかったが、レセプション・ホールから声が聞こえた。全員がアーチのほうを向いた。入ってきたのは二人で、制服を着た分署の警察官二人だ。彼らは入ってくると立ち止まり、一人が「ロバート・ロビロッティさんは?」と訊いた。

「私がロバート・ロビロッティだ」と彼が言った。

「ここはあなたの屋敷ですね? 我々は——」

「いえ」とロビロッティ夫人が言った。「私の屋敷よ」

第四章

古い褐色砂岩《ブラウンストーン》の家の七段の石段を上がって中に入ったのは水曜朝の七時十二分。疲れ果ててトップコートと帽子を廊下のベンチに放り投げようとしたが、育ちのよさが災いし、コートはハンガーに掛け、帽子は棚に置いて厨房に入った。

フリッツが冷蔵庫の前から振り返り、冷蔵庫の扉を開けたままぼくを見つめた。

「これはこれは《ビホールド》！」と彼は言った。何年も前に仏英辞典から voilà《ヴォワラ》 の訳語として学んだと以前言っていた。

「オレンジジュース一クォート、ソーセージ一ポンド、卵六個、パンケーキ二十個、コーヒー一ガロン、頼みたい」とぼくは言った。

「蜂蜜入りのドーナツでは駄目かな？」

「いいとも。言うのを忘れたよ」ぼくは唸りながら、朝食時に座る椅子にドサッと腰を下ろした。「蜂蜜《ハニー》と言えば、友を失望させたくなかったら、卵たっぷりのヘッジホッグ・オムレツを――いや、時間がかかりすぎる。目玉焼きを頼む」

「目玉焼きは作らないんだ」彼はバターを入れたボウルをかき混ぜていた。「徹夜かい？」

「ああ。付け合わせたっぷりの殺人だ」

「おや！　そりゃひどい！　では、依頼人だね？」

殺人に対するフリッツの考え方を理解しているとは言わない。彼は殺人を嫌悪する。人間が同じ人間を殺すというのは、彼にとって許し難いことなのだ。彼はそう言うし、本心からそう思っている。だが、彼は殺人の詳細はもちろん、誰が被害者で誰が犯人かなんて関心もないし、細かい点を話そうとしても退屈するだけだ。またもや人間が許し難いことをしたという事実よりも、彼が求める答えは、依頼人がいるかどうかだけなのだ。

「依頼人はいない」とぼくは言った。

「君が現場にいたのなら、依頼人がいるかも。なにも食べてないのかい？」

「ああ。三時間前、地方検事局でサンドイッチを勧められたが、胃が受け付けなかった。胃袋は、中にきちんと収まるものを待ちたかったのさ」フリッツがオレンジジュースをくれた。「ありがとう。ソーセージのいい香りがするね」

彼はソーセージを炙《あぶ》るような簡単なことでも、実際に料理をしているときは話をするのも聞くのも好きではないので、ぼくはいつものようにテーブルの上にあった《タイムズ》を手に取ってさっと見た。《タイムズ》の第一面を飾るには、ありふれた殺人では駄目だが、この殺人は、ロバート・ロビロッティ夫人の屋敷で開かれた有名な未婚の母たちのパーティーで起きたため、その資格は十分あったし、ページの下半分に三段抜きのリード文付きの記事で、二十三頁に続きがあった。ただ、事件が起きたのは夜遅くだったから、説明は不十分で、写真もない。ぼくの写真すらも。それだけ見て、新聞をラックに掛け、ソーセージとパンケーキにむしゃぶりついた。

ぼくが四つ目のケーキの上にポーチドエッグを二つ乗せていると、内線電話が鳴ったので、手を伸ばして受話器を取った。おはようございますと言うと、ウルフの声が聞こえた。

「では、帰ってたのか。いつ帰った？」

「三十分前です。朝食中ですよ。七時半のニュース番組で流れたんですね」

「ああ、今聞いた。知ってのとおり、私は『ニュース番組』という言葉が嫌いだ。使わずにいられないのか？」

「訂正します。七時半のラジオニュース放送にしてください。言い争う気分じゃないし、パンケーキも冷めてしまいます」

「食事をすませたら、上がってきてくれ」

そうすると答えた。受話器を置くと、フリッツが彼は機嫌がいいかと訊いてきた。ぼくは、わからないと言い、気にかけなかった。ぼくはまだ自分に腹を立てていた。

食事に時間をかけ、いつもは二杯のコーヒーを三杯飲み、最後まで飲み干すと、朝食の盆を持っていったフリッツが戻ってきた。ぼくはカップを下に置き、立ち上がると、伸びをしながらあくびをした。廊下に出て、慌てずに階段を上がり、左に曲がってドアを叩くと、入れと声がした。

中に入ると、ぼくは目をぱちくりさせた。朝日が差し込み、ウルフの巨大な黄色いパジャマに日差しが映えていた。彼は窓際のテーブルに座り、裸足のまま、新鮮なイチジクのクリーム煮のボウルに取り掛かっていた。この所帯に必要な現金支払いを記載しているときなら、チリから空輸の三月の新鮮なイチジクは干し草とは違うんですよとぼくは言ったかも。

彼はこっちを見ると、「身だしなみが欠けているな」と言った。

「ええ。満足も欠けてます。睡眠も欠けてますよ。放送では娘は殺されたと言ってましたか？」

「いや。毒が原因で死に、警察が捜査中だと。君の名前は出なかった。巻き添えを食らったのか？」

「顎までどっぷりです。娘の友人から、彼女がシアン化物の瓶をバッグに入れていると聞いたので目を光らせてました。執事とバンドを別にして全部で十二人いて、客間に集まって、踊ってたんですが、男が彼女にシャンパンのグラスを持っていきました。彼女はひと口飲み、八分後に亡くなりました。間違いなくシアン化物です。効果の出方からして、シャンパンの中に入っていたはずですが、シャンパンに入れたのは彼女じゃありません。ずっと見てたんです。入れたのは彼女じゃないと証言したのはぼくですよ。大半というか、たぶん全員が、彼女が自分で入れたことにしたいんでしょう。ロビロッティ夫人はぼくの首を絞めてやりたいだろうし、それに喜んで手を貸しそうな連中もいます。自分が催したパーティーで自殺とは、それだけでもとんでもないことでしょうけど、殺人はあくまで殺人です。だから、ぼくは巻き添えを食ってるんですよ」

ウルフはイチジクを一口飲み込んだ。「そのようだな。結論を保留すべきかどうか君なら考えたはずだ」

ぼくは嬉しかった——彼がぼくの視力や集中力を疑わなかったからだ。それは真の賛辞であり、実際、ぼくは賛辞を必要としていた。ぼくは言った。「もちろん考えました。でも、彼女のバッグにシアン化物が入っていると言われたことは話すしかありませんでした。シアン化物が入ってるとぼくに言った娘は、絶対にそのことを話すだろうし、クレイマーもステビンズもロークリッフも、こんな場合、ぼくがしっかり目を開けていることをよく知ってるでしょうからね。だから、ぼくに選択の余地はなかった。自殺かと訊かれて、イエスとは言えません。彼女とバッグを見ていたのか？　イエス。彼女がグランサムから渡されたシャンパンを飲んだとき、彼女を見ていたのか？　イエス。彼女がシヤンパンを飲む前になにかをそこに入れたのでは？　それは絶対にない」

「だろうな」とウルフは頷いた。彼はイチジクを食べ終え、ソーセージを添えたシャードエッグの入ったラメキンを一つ、保温器から取り出した。「となると、君の立場は厄介だ。金になる仕事は期待できないな」

「ええ。どのみちロビロッティ夫人から依頼はありませんよ」

「なるほど」彼はマフィンをトースターに入れた。「私が昨日、なんと言ったか憶えているかな」

「ええ。男の値打ちを下げるとおっしゃった。金にもならぬ殺人の巻き添えを食うとはおっしゃいませんでしたよ。午前中に小切手を預けに行きます」

彼は寝ろと言い、ぼくは、寝てしまったら、起こすのに誘導ミサイルが必要だと言った。シャワーを浴び、顔をあたって歯を磨き、きれいなシャツと靴下を身に着けて銀行まで徒歩で往復した。今日一日持ちこたえられる気がしてきた。銀行へ行く理由は三つあった。一つ目は、人は死ぬものだし、小切手を銀行に預ける前に振出人が死んでしまったら銀行は支払ってくれないから。二つ目は、外の空気が吸いたかったから。三つ目は、地方検事局で、いつでも連絡がつくようにしておけと言われたが、憲法で認められた移動の自由を守りたかったからだ。ところが、何事もなかった。戻ってきてフリッツから言われたのは、《ガゼット》のロン・コーエンから電話があったということだけ。

ロンは長年、ぼくらにさまざまな便宜を図ってきたし、ぼくは彼が好きだから、こちらから電話した。彼の求めはフェイス・アッシャーの最後に関する目撃者証言記事で、よく検討した上で返事をすると答えた。彼のオファーは五百ドルで、支払う相手はネロ・ウルフではなく、ぼくだ。パーティーに居合わせたのはあくまでぼくだし、もちろん彼はうるさく求めてきた――ジャーナリストはうるさく求めるものだ――が、ぼくははぐらかした。五百ドルと新聞にぼくの写真という餌は魅力的だったが、肝心なことは省けないし、ありのままに説明したら、自殺という判断を妨げているのがぼくだと世間に知られることになるし、地方検事から執事に至るまで、みなぼくに嚙みついてくるだろう。残念だが断るしかないと決めたとき、電話が鳴った。出ると、シリア・グランサムの声がした。ぼくが一人か確かめてきた。今は一人だが、六分後にはウルフが植物室から降りてくると答えた。

「そんなにかからないわ」声はかすれていたが、酒のせいとも限らない。ぼくやほかの連中と同じく、彼女もこの十二時間でたっぷりしゃべらされたのだ。「質問に答えてほしいだけ。いい？」

「言ってくれ」

「昨夜、私が外してたとき――医者を呼ぶのに電話してたとき――あなたが言ったことよ。母の話だと、あなたはフェイス・アッシャーが殺されたと思うと言ったとか。そうなの？」

「ああ」

「なぜそんなことを？　訊きたいのはそのこと」

「そう思ったからさ」

「はぐらかさないで、アーチー。なぜそう思ったの？」

「そう思うほかなかった。状況から見てね。はぐらかしてると思うんなら、そのとおりさ。君ほどダンスが上手な女性にはご希望に沿いたいところだが、その質問に答えるつもりはない――今はね。申し訳ないが、なにもしてやれない」

「今も彼女が殺されたと思ってるの？」

「ああ」

「でも、なぜ？」

ぼくはいきなり電話を切ったりしない。そのときはそうすべきかとも思ったが、彼女が結局諦めると、ちょうどウルフの乗ったエレベーターが唸りながら一階に止まった。部屋に入ってきて、机の椅子に歩み寄り、満足のいくように自分の巨体を椅子に収め、郵便物に目を通し、カレンダーを見ると、椅子の背にもたれてニューギニアの野生蘭採集者からの三枚の手紙を読みはじめた。三枚目を読んでいると、玄関の呼び鈴が鳴った。ぼくは立ち上がって廊下に出て、玄関のマジックミラー越しに逞しい体格と円い赤ら顔を目にすると、行ってドアを開けた。

「なんと」とぼくは言った。「眠らないんですか？」

「馬鹿を言うな」と彼は敷居をまたぎながら言った。

ぼくは彼が脱いだコートを受け取った。「光栄ですね。ぼくを呼びつければいいものを。なぜぼくを呼ばないんですか――クレイマー！」

彼は事務所に向かった。彼はぼくが「警視」ではなく「クレイマー」と呼んだのが心外で、立ち止まって顔をしかめた。「なぜ学習しないんです？」とぼくは言った。「よくご存じのはずだ。彼は人がいきなり入ってくるのを嫌う。たとえあなたでも、というか、特にあなたならね。事をややこしくするだけですよ。目当てはぼくじゃないんですか？」

「そうだ。だが、彼にも聞いてもらいたい」

「でしょうね。そうでなきゃ、ここへ来ないで、ぼくを呼びつけたでしょう。申し訳ないけど――」

ウルフの怒鳴り声が聞こえた。「ふん、入りたまえ！」

クレイマーはくるりと踵を返して入っていき、ぼくもあとに続いた。ウルフはしかめっ面で挨拶をしただけ。「騒がしくては郵便物も読めませんな」と冷ややかに言った。

クレイマーはいつもの席、ウルフの机の端に近い赤革の椅子に座り、「来たのはグッドウィンに会うためだが――」と言った。

「廊下からあなたの声が聞こえました。私の蒙《もう》を啓《ひろ》いてくださるとでも？　それで私の同席を？」

クレイマーは息をついた。「あんたの蒙を啓こうなんて日には、私は癲狂院送りだな。ただ、グッドウィンはあんたの部下だし、状況は理解してもらおうか。あんたが同席の場で話すのがなによりと思ったのさ。それが上分別では？」

「かもしれませんな。話の内容は聞けばわかります」

クレイマーは鋭いグレーの目でぼくを見た。「もう一度おさらいするつもりはないよ、グッドウィン。私も二度尋問したし、君の供述書も読んだ。私の狙いはただ一点、重要な点だ。まず、おさらいじゃないことを言おう。ほかの誰の供述にも、自殺を否定する発言はない。ひと言もな。なに一つだ。そして、自殺かもしれない、いやむしろ自殺だと思わせる発言はたっぷりある。私が言いたいのは、君の証言がなければ、合理的な仮説は自殺だし、最終的な評決もそうなる公算――あくまで公算だが――が大きいということだ。どういうことかわかるな」

ぼくは頷いた。「ええ。ぼくはスープの中の蠅みたいに余計な存在ってわけだ。ぼくはあなた以上にそんなのが嫌いですよ。蠅はスープに浸かるのが嫌いだ。熱いスープならなおさらね」

クレイマーはポケットから葉巻を取り出して掌の上で転がし、白く歯並びのいい歯で噛むと、口から離した。「最初の時点から話そう」と言った。「そのとき、君は現場にいた。君の説明は知ってるし、供述書にもある――オースティン・バインとロビロッティ夫人からの電話だ。むろんそれは事実だ。君の説明で裏を取れるものは常に裏を取る。だが、君やウルフが事件と関わりがあるのか？　ウルフや君のことを知ってる以上、検討すべき可能性は、君が現場に居合わせることを望んだのでは、あるいは、君が現場に居合わせることをウルフが望み、その段取りを君がしたのでは、ということだ。どうなんだ？」

ぼくはあくびをしていて、し終えるのを待つほかなかった。「失礼しました。違うとだけ言ってもいいですが、ちゃんと説明しましょう。なぜ、どんな経緯でぼくが現場に居合わせたかは、供述書に全部書いてある。その点はなにも省略していません。ウルフ氏は、男の値打ちを下げるから行くなと言ったんです」

「そこに、過去または現在のウルフの依頼人はいなかったと？」

「ロビロッティ夫人は二年前の依頼人でした。仕事は九日で終わりましたよ。ほかにはいません」

彼はウルフに目を向けた。「確かか？」

「ええ。これは心外ですな、クレイマーさん」

「あんたとグッドウィンの場合、なにがそうで、なにがそうでないかを見極めるのは難しい」彼はまたぼくのほうを向いた。「これまでの状況を話そう。まず、毒はシアン化物だった。それははっきりした。次に、それはシャンパンに入っていた。彼女がグラスを落として床にこぼれた液体に含まれていた。どのみち、効き目の速さから間違いない。第三に、バッグにあったプラスチックの二オンス瓶には、シアン化ナトリウムの粒が半分ほど入っていた。研究所では非結晶質片と呼んでいるが、私は粒と呼んでいる。第四に、彼女はその瓶を多くの人に見せ、自殺したいと言っていた。それも、一年以上も前からだ」

彼は椅子の上で体を動かした。ずっとウルフの正面を向くように座っていたが、今度はぼくのほうを向いた。「バッグは彼女から十五フィート離れた椅子の上にあり、瓶はその中にあった。だから、グランサムがシャンパンを持ってきたときかその直前に、彼女がバッグから粒を取り出すことはできなかった。だが、それ以前の一時間ほどはいつでも取り出せたし、ハンカチの中に隠しておくこともできた。ハンカチに痕跡がないか調べようにも、彼女がハンカチを落として、こぼれたシャンパンの上に落ちたから駄目だ——というか、駄目ではないが、証明もできない。つまり、それが自殺の手順だ。穴があるか？」

ぼくはあくびを嚙み殺した。「もちろんありません。完璧です。ぼくは自殺じゃなかった可能性があるとは言ってません。自殺じゃなかったと言ってるんです。ご存じのとおり、ぼくは視力がいいし、彼女はぼくから二十フィートしか離れていなかった。彼女が右手でグランサムからシャンパンを受け取ったとき、左手は膝の上に載せていたし、そこから離さなかった。彼女はグラスのステムを持ち、グランサムが自分のグラスを掲げて乾杯の言葉を口にすると、彼女もグラスを口の位置より少し上に挙げ、グラスを下ろして飲んだ。なにか切り札でも隠してるんですか？　グラスを渡したとき、彼女がグラスになにか入れてから飲んだとグランサムが言ってるとか？」

「いや、なにか入れてから飲んだ可能性もあると言ってるだけだ。彼はなにも知らない」

「なら、ぼくは知っている。彼女はなにも入れていない」

「ああ。供述書にサインしたよな」彼は葉巻の先をぼくに向けた。「なあ、グッドウィン。君は自殺の手順に穴がないと認めるが、殺人の手順はどうなんだ？　バッグは椅子の上にあり、丸見えだった。

誰かが近寄って手に取り、開けて瓶を取り出し、蓋を開けて粒を一つ振り出し、蓋を締めて瓶をバッグに戻し、椅子の上に置いて立ち去ったと？　たいした度胸だ」

「馬鹿な。あなたは都合のいい説明をしてる。やるとすれば、バッグを取り――もちろん、ぼくは監視をはじめていた――中から鍵をかけられる部屋に持っていき――近くにあった――粒を一つ手に入れ、自分のハンカチの中に隠し――ハンカチのことを言ってくれてありがとう――バッグを椅子の上に戻す。それなら注意は必要だが、たいした度胸は必要ない。バッグを取るところや戻すところを見られたと思ったら、粒を使わなければいい。要は、使うチャンスがあったかどうかですね」あくびが出た。

　彼はまた葉巻の先をぼくに向けた。「それが次のポイントだ。粒を使うチャンスだ。グランサムが手にした二つのシャンパングラスは、執事のハケットが注いだものだ。注いだのはすべて彼だ。グラスの一つは四、五分前からバーのカウンターに置いてあり、グランサムが来る直前にハケットがもう一つのグラスに注いだ。その四、五分のあいだ、バーにはいたのは誰か？　まだ完全には把握できていないが、どうやら全員か、ほぼ全員がいたようだ。君もだな。君の供述書によると、エセル・ヴァーも裏付けているが、君と彼女はバーに行き、カウンターに置いてあった五つか六つのシャンパングラスの中から二つ取り、その場を離れて立ち話をし、そのすぐあと――君によれば三分後――君はグランサムがグラス二つをフェイス・アッシャーのところに持っていくのを目にした。だから、君もそこにいたわけだ。すると、君がグラスの一つにシアン化物を入れたのか？　いや、仮に君が誰かのシャンパンに毒を入れることができたとしても、確実に狙った相手が飲むようにするはずだ。単にカウンターのグラスの一つに毒を入れて立ち去り、エドウィン・レイドロー、ヘレン・ヤーミス、ロビロッティ夫妻を別にして、誰でも持っていけるようにはしないはずだ。名を挙げた連中はバーから離れなかった。彼らがバーにいるあいだに、グランサムが来てグラス二つを持っていった。だが、彼が手にしたのはグラス二つだ。その四人の中の一人が、彼が来るのを見て、グラスの一つにシアン化物を入れたとしたら、そいつは、グランサムが飲もうが、フェイス・アッシャーが飲もうが、どっちでもよかったと考えるしかない。そんなことが信じられるか。君は信じるのか？」彼は葉巻を嚙み締めた。葉巻に火を点けたことはない。

「おっしゃるとおり、信じられません」とぼくは認めた。「でも、意見を二つだけ言わせてもらいます。一つ目は、フェイス・アッシャーがどのグラスを手にするか知っていた人物が一人いるということです。その男は彼女にそのグラスを手渡した」

「ほう？　グランサムが犯人だと？」

「誰が犯人と言うつもりはありません。ただ、あなたが細かい点を飛ばしてると言ってるだけです」

「たいした点じゃない。グランサムがカウンターで毒を入れてからグラスを手にしたのなら、バーには五人もいたわけで、そりゃたいした度胸だ。フェイス・アッシャーに持っていく途中で毒を入れたのなら、両手にグラスを持ちながらの離れ業だ。彼女にグラスを渡したあとに入れたのなら、君が気づいただろう。二つ目の意見は？」

「取調べの際にも言いましたが、犯人、手段、動機についてはまったく見当もつかない、ということです。あなたが今おっしゃったことは、ぼくにはほぼ新しい情報でしたね。ぼくは、一緒にいたエセル・ヴァー、バッグ、フェイス・アッシャーに目を向けていた。グランサムがシャンパンを取りに来たとき、バーに誰がいたのか、つまり、グランサムが取ったグラスにハケットがシャンパンを注いだあと、そこに誰がいたのか、ぼくは知らなかった。犯人、動機、手段は、今もぼくにはわからない。ぼくが知っているのは、フェイス・アッシャーはシャンパンを飲む前に、そこになにも入れなかったし、したがって、シャンパンに毒が入っていて、それが彼女に死をもたらしたのなら、自殺じゃないということだけです。ぼくにはそれしかわかりません」

「だが、君はそのことを議論しようともしない」

「議論しない？　なにを議論するんですか？」

「つまり、君は自分が間違っている可能性を議論しないということだ」

「当たり前ですね。ぼくがあなたのことをクレイマー警視だと思っているのが間違いで、実はウィリー・メイズ（著名な大リーガー）だという可能性をぼくが議論するとは思わないでしょう」

彼は目を細めてぼくをじっと見つめると、赤革の椅子の上でいつもの姿勢に戻り、ウルフと向き合うと、「私が思っていることを正確に話そう」と言った。

ウルフは唸った。「いつものことでしょう」

「そのとおりだ。だが、これは話したくはなかった。グッドウィンにまずいと気づいてほしかったのさ。なにが起きたかはわかってる。ローズ・タトルはグッドウィンに、フェイス・アッシャーがバッグにシアン化物の瓶を入れていて、ここで使うかもしれないと話した。グッドウィンは彼女に、気にするな、なにも起きないよう見ているからと言い、そのときからフェイス・アッシャーとバッグを監視していた。その点は確かめた」

「供述したとおりです」

「ならば、供述したとおりだ。グッドウィンは、彼女がシャンパンを飲んでくずおれて死ぬのを目にし、シアン化物の臭いを嗅ぎ取る。彼はどう反応するか? あんたは彼のことをよく知っているし、私もだ。彼も自分がかわいい。痛いところを突かれてしまう。それは御免だ。だから、思いあぐねたあげく、彼女は殺されたと思う、と告げる。警察が来れば、自分の発言も報告されるはずだから、警察に同じ話を繰り返し、その話に固執する。ステビンズ巡査部長と私が来ると、我々に同じ話を繰り返す。だが、我々に対しては、理由を示す必要がある。だから、彼はいかにももっともな理由を話す。殺された可能性がそれなりにある限り、我々もその可能性を重視した。だが今は――。つまりはそういうことだ。私の話を聞いて状況を理解してくれたら、断言しすぎたかもしれないと言うのが一番だと気づいてほしかったんだが。彼女がシャンパンになにかを入れなかったとは言い切れない、と。彼には熟慮する時間があったが、賢すぎてそのことがわからない。以上が私の意見だ。ご同意願いたいな」

「これは同意の問題ではなく、事実の問題です」ウルフはぼくのほうを向いた。「アーチー?」

「いいえ。ぼくほど自分がかわいい人間はいませんが、そんなことはしません」

「自分の主張を貫くんだな?」

「はい。彼は矛盾してますね。ぼくを二枚舌の愚か者だと言いながら、賢いと言う。自殺説をぼくに押し付けることはできませんよ。ぼくの主張は揺るがない」

ウルフは肩を八分の一インチ上げて、また下げ、クレイマーのほうを向いた。「あなたは時間を浪費しておられますね、クレイマーさん。私の時間もです」

ぼくはあくびをしていた。

クレイマーの赤ら顔はますます赤くなり、なにやら限界に達して暴走しそうな気配だったが、奇跡が起きた。間一髪でブレーキをかけたのだ。自制心が闘争心に打ち勝つのを見るのは楽しい。彼はぼくのほうを見た。

「これで終わりじゃないぞ、グッドウィン。よく考えろ。むろん、捜査は続ける。他殺だと示すものが出てくれば追及する。当然だ。だが、警告しておく。我々が最終的に自殺だと判断して公表したとしよう。そのあと、君が友人の《ガゼット》のロン・コーエンに、あれは殺人だと君が語る記事を掲載させたなら、後悔することになるぞ。その手のことをやったらな。なぜ君が現場に居合わせたかは知ったことじゃない。君が目撃者の立場でそんな記事を——」

玄関の呼び鈴が鳴った。ぼくは立ち上がり、ちょっと失礼とクレイマーに丁重にことわり、廊下に出た。マジックミラー越しに、最近知り合った相手を目にした。一瞬誰かわからなかったのは、四十ドルもする中折れ帽のせいで梳かしてない髪が見えなかったからだ。行ってドアを開け、彼と向き合うと、「シーッ」と人差し指を口に当て、うしろに退いて手招きした。彼は少し驚いた様子でためらいを見せたが、敷居をまたいだ。ぼくはドアを閉め、帽子とコートを受け取ることはせず、事務所と同じ側にある応接室のドアを開け、身振りで中に入るよう合図し、あとに続くとドアを閉めた。

「ここなら大丈夫だ」とぼくは言った。「ドアも含めてすべて防音だ」

「なにが大丈夫だと?」とエドウィン・レイドローが訊いた。

「秘密保持のためさ。殺人課のクレイマー警視に会いに来たのなら別だが?」

「なんの話かわからない。君に会いに来たんだ」

「だろうと思ったが、クレイマーと鉢合わせしたくないだろうとも思ったのさ。彼は今、事務所でウルフ氏と話していて、じき帰る。だから君をここに入れたんだ」

「そりゃ助かった。もう警官は見飽きたよ」彼は周りを見まわした。「ここで話せるかい？」

「ああ。だが、クレイマーの見送りをしなくちゃ。すぐ戻る。椅子をどうぞ」

ぼくは廊下に出るドアまで行って開けると、クレイマーが玄関に向かっていた。ぼくに話しかけるどころか、目を向けようともしなかった。無作法に振る舞うなら、ぼくもだと思い、帽子とコートは自分で取らせて送り出した。玄関のドアが閉まると、事務所に行き、ウルフの机の前に行った。彼は言った。

「一つ言っておく、アーチー。目的があってクレイマー氏を困らせるのと、単なる気晴らしで困らせるのは別のことだ」

「ええ。そんなことは夢にも思いません。彼に言ったことは、あなたに対しても変わりはないかと暗にお尋ねですね。答えはイエスです」

「よろしい。すると、彼は苦境に立たされるな」

「残念ですね。苦境にある人はほかにもいるようです。昨日招待されたパーティーの男性ゲストの名前を教えてもらったので、どんな人たちか知りたくてロン・コーエンに電話したんです。その中の一人、エドウィン・レイドローは、歳の割にかなりの大物ですね。以前は遊び歩いてましたが、三年前に父親が亡くなり、一千万ドルを相続した。最近、出版社のマルヴィン・プレスの企業支配権を買い取り、どうやら身を落ち着けようと――」

「関係のある話なのか？」

「かもしれません。応接室にいます。ぼくに会いに来たんですが、昨夜が初対面なので、事件と関係のある話なのかも。応接室で話してもいいんですが、様子を見たい――というか、立ち見をなさりたいと思われるかもしれなかったので、お伝えしておこうと思ったんです。覗き穴で。ぼくが証人を必要とする場合のために」

「ふん」

「わかりますよ。無理にとは言いませんが、ぼくらはもう二週間、事件を抱えてませんからね」

彼はぼくを睨みつけていた。椅子から離れ、廊下に出てアルコーヴまで歩き、覗き穴の前に立たなければならない――どのみち、そのくらいの運動は彼の食欲にも好結果だ――というよりは、いい意味では依頼人を得るし、悪い意味では仕事をしなければならないということだ。彼は溜息をつきつつも睨み続け、「やれやれ」とつぶやくと、机の端に手をついて椅子をうしろに引き、立ち上がって歩きはじめた。

覗き穴は、ウルフの机から八フィート右に、壁の目の高さの位置にあった。事務所側の穴は素敵な滝の絵で隠されていた。厨房の前の廊下の翼にある穴は剝き出しで、覗き見るだけでなく、声を聞くこともできる。ぼくは以前、四時間もそこに立ち続け、誰かがぼくの机からなにかをくすねようと応接室から出てくるのを待ち構えたことがある。ウルフが位置につけるように一分ほど待ってから、応接室のドアを開けて話しかけた。

「こちらへどうぞ、レイドロー。こっちのほうが快適だ」ぼくは黄色い椅子の一つをぼくの机の前に移動させた。

第五章

レイドローは座ると、ぼくを見つめた。三秒経ち、六秒経った。彼にはきっかけが必要らしく、期待に応えてやった。

「ある時点まではいいパーティーだったね。プロトコールの話すらも」

「そんな前のことは憶えてない」彼は身を乗り出した。髪は乱れ切ったままだ。「なあ、グッドウィン。率直に質問するから答えてくれ。拒む理由はないだろ」

「あるいはね。なんだい？」

「昨夜、君が言ったことだ。あの娘は殺されたと思うと言ったね。我々だけじゃなく、警察や地方検事にもそう言った。これは内緒だが、ぼくには友人がいて、どこの誰だろうとどうでもいいが、そこから少し情報をもらったんだ。君の証言がなければ、警察は自殺と判断して捜査を打ち切るところだった。だから、君が殺人だと考える理由はよほどしっかりしたものだろう。そこで質問だ。その理由はなんだ？」

「友人は教えてくれなかったのか？」

「ああ。言いたくないか、知らないから言えないんだ。彼は知らないと言ってる」

ぼくは脚を組んだ。「いや、それは言えないな。言えるのは、警察と地方検事局とウルフ氏にしか話してないということだ。今のところ、それで十分さ」

「ぼくには言えないと？」

「今はね。礼儀作法のルールさ」

「現場にいたというだけで巻き添えを食った者には――知る権利があると思わないか？」

「そうだね。自殺としか思えないのに、なぜ殺人事件の捜査を進めるのか、その理由をきっちり説明するよう警察に要求する権利はあるだろう。でも、ぼくに説明するよう要求する権利はないな」

「なるほど」彼は考えた。「だが、警察は説明を拒んでる」

「知ってるよ。警察とはおなじみでね。さっきクレイマー警視にも会った」

彼はぼくを見つめた。四秒だ。「君は探偵稼業だろ、グッドウィン。人は情報を得るために君を雇い、その対価を払う。ぼくがほしいのは情報だけだ。つまり、ぼくの問いへの答えだ。五千ドルでどうだ。現金でポケットにある。むろん、明確な答えがぼくの望みだ」

「それほどの値打ちとはね。五千ドルとは」彼の視線を途中で受け流すには、少し努力が必要だった。「現金五千ドルはぼくには上等だ。ウルフ氏がぼくに支払う給与は気前がいいとは言えないからね。だが、仮にその倍でも断る。これが現実だ。ぼくの主張が正しいか間違ってるか、警察がどちらか一方に決めれば、どっちだろうと、ぼくは遠慮なく君にだろうと誰にだろうと説明する。だが、それ以前にぼくが説明を言いふらすようなことをすれば、警察はぼくが公的な捜査を妨害していると言い、ぼくの妨害をしてくる。私立探偵のライセンスを失ったら、君の五千ドルも長くはもたない」

「一万ドルならもっともつだろう」

「さしてもたないね」

「ぼくは出版事業をやってる。君に仕事をやろう」

「すぐにクビになる。ぼくは字を書くのが下手でね」

彼はまっすぐに揺るぎなく見つめていた。「教えてくれ。殺人だと考える根拠はどのくらい確かなんだ？　ロビロッティ夫人のような地位ある女性の影響力に逆らって、警察にずっと殺人の捜査をさせるだけの根拠があるのか？」

ぼくは頷いた。「答えよう。睡眠不足のクレイマー警視をここに呼びよせるには十分な根拠だった。警察が精一杯調べ尽くすまでは自殺と決めつけないだけの根拠だと思う」

「なるほど」彼は手をこすり合わせると、椅子の肘掛けに手をこすりつけた。視線をラグの上に移した。それは息抜きだった。ぼくのほうを再び向くまで丸一分かかった。「警察、地方検事局、ネロ・ウルフにしか話してないと言ったね。ウルフと話がしたい」

ぼくは眉をつり上げた。「どうかな」

「どうかな、とはなにがだ？」

「つまり……」ぼくは口を歪めてゆっくりと言った。「彼はぼくが個人的に巻き添えを食った事件に関与することを好まない。それと、彼はきわめて多忙だ。だが、訊いてみよう」ぼくは立ち上がった。

「彼かどう出るかはわからない」ぼくは応接室を出た。

廊下を左に曲がると、ウルフが翼の角に姿を見せた。ぼくが通り過ぎてスウィングドアを押すまで、彼はそこに佇んでいたが、あとに続いて厨房に入ってきた。ドアが閉まると、ぼくは言った。

「給与のことで皮肉を言ったのは失礼しました。お聞きになってるのを忘れてましたよ」

彼は唸った。「君は記憶力が優れているし、卑下しても無駄だ。あの男は私にどうしてほしいと？」

ぼくはあくびを噛み殺した。「さてね。多少睡眠をとっていれば、敢えて推測したかもしれませんが、肺に十分な酸素を送るので精一杯で、脳が不活性なんです。あなたの自伝を出版したいのかもしれないし、自殺だと証明してぼくをコケにしたいのかも」

「あの男には会わない。君が理由を言った。君が個人的に巻き添えを食っているからだ」

「ええ。ぼくはあなたの探偵業の収入にも個人的に巻き添えを食ってます。フリッツも。ニューギニアからあなたに手紙を送ってきた男もそうだし、もしかすると、巻き添えを食いたいところでしょう」

彼は唸り声を上げたが、ライオンが食べ物を探すために居心地のいいねぐらから出ていかなくてはいけないことに気づいたみたいな唸り声だった。彼をたとえるなら象のほうがいいが、象は唸り声を上げない。テーブルでアサリの殻を剝いていたフリッツは、依頼人にありつきそうなのが嬉しかったのか、すごく抑えつつも鼻歌を歌いはじめた。ウルフは彼を睨みつけ、アサリに手を伸ばして口に放り込み、咀嚼した。ぼくがドアを開けて押さえると、彼はアサリが胃袋に達するのを待ってから出ていった。

彼は初対面の相手との握手を好まない。事務所に入り、ぼくが名前を告げると、彼は机のほうに向かいながらレイドローに頷いただけだった。ぼくは、自分の机のほうに行く前に、レイドローに赤革の椅子に座るように言ったので、彼がウルフのほうを向くと横顔が見えない。ぼくが座ると、レイドローは、自分が誰かはグッドウィンが話したはずだと言い、ウルフはそうだと言って椅子に座った。

レイドローはまっすぐで揺るがない視線を、今はぼくではなくウルフに向けていた。「あなたを探偵として雇いたい」と言った。「依頼料は現金と小切手のどちらですか?」

ウルフはかぶりを振った。「受任するまでは、どちらでもありません。なにをしてほしいと?」

「情報を得てほしい。昨夜、ロビロッティ夫人の屋敷でなにが起きたかご存じでしょう。フェイス・アッシャーという娘が毒で死んだ。彼女が自殺したと思われる事情もご存じでは?」

ウルフはイエスと答えた。

「当局が彼女の自殺を事実と認めていないことはご存じですか? 殺された可能性があるという仮定で捜査を続けていることは?」

ウルフはイエスと答えた。

「ならば、彼らはぼくの知らない――我々の誰も知らないなにかの事情を知っているに違いない。自殺という事実を受け入れない理由がなにかある。ぼくはその理由を知らないし、警察は教えてくれない。巻き添えを食った――現場にいたというだけで巻き添えを食った――者の一人として、ぼくには正当な知る権利がある。その情報をつかんでほしい。依頼料は今すぐ支払うし、額はあなたの言い値でかまわない。払いましょう」

ぼくはあくびをしなかった。正直、彼の肝っ玉に感服した。彼はウルフが覗き穴から見ていたことは知らなかったが、自分のオファーは伝わっていると思い込んでいた。彼はウルフの目をまっすぐに見つめ、仕事で彼を雇い、ぼくには一万ドルが限度だと言いながら、言い値を言ってかまわないと言った。たいした肝っ玉だ! 賞賛するほかなかった。

ウルフの口の両端がつり上がり、「ほう」と言った。レイドローはひと息ついたが、それは言葉ではなく、使われた空気として出てきただけだ。

「グッドウィン氏からあなたが彼に申し出た内容をお聞きしましたが」とウルフは言った。「あなたの粘り強さに敬意を表し、巧みさを賞賛すべきか、それとも、あなたの馬鹿正直さを嘆くべきか、私は迷っています。いずれにせよ、依頼はお断りしなければならない。お望みの情報は既に持っていますが、それはグッドウィン氏から内密に得たもので、漏らすわけにはいきません。申し訳ありませんが」

レイドローはもう一度息をつくと、「ぼくはあなたほど粘り強くない」と言った。「お二人には及ばない。いったいなにがそれほどの極秘なんだ？　なにを恐れていると？」

ウルフはかぶりを振った。「恐れてなどいませんよ、レイドローさん。慎重なだけです。我々が関心を持ち、深く関わっている問題で警察を欺く必要が生じれば、我々はなんら躊躇しません。グッドウィン氏はこの事件で、あなたと同様、たまたま現場に居合わせたというだけで巻き添えを食っているのであって、私はなんら巻き添えを食っていない。これは恐怖や憎悪の問題ではないのです。私は単に距離を置いているだけです。たとえば、グッドウィン氏と私へのあなたからのオファーを警察に話すつもりはありません。そんなことをすれば、あなたに対する警察の関心を刺激するからです。善意でオファーをなさったと思いますので、あなたに不利なことをするつもりはありません」

「だが、あなたはぼくのオファーを断っている」

「ええ、きっぱりとね。この状況では選択の余地はありません。グッドウィン氏は自分で判断すればいい」

レイドローはぼくのほうを向き、ぼくは再び彼と視線をぶつけ合った。彼なら金額を上げてぼくに新たなオファーをしても不思議ではなかっただろうが、そんなことを考えたとしても、ぼくの決然とした表情を見て諦めた。彼はぼくを八秒見つめると、椅子から立ち上がったので、この件は諦め、ウルフは結局、仕事をせずにすむのだと思ったが、そうじゃなかった。彼はじっくり考えたかっただけで、顔を見られたくなかったのだ。「一分ほど待っていただけますか？」と尋ね、ウルフがどうぞと答えると、背中を向けてラグの上を横切り、本棚の前に大きな地球儀がある奥の壁に向かって歩き出した。少なくとも一分と言った倍の時間、彼は地球儀を回していた。ようやく振り返り、うろうろ歩いたりせず、赤革の椅子に戻った。

「内々で話がしたい」とウルフに言った。

「ほう」とウルフは短く言った。「二人きりでという意味なら、お断りですな。私と同様にグッドウィン氏に秘密が守れないのなら、彼はここにはいない。彼の耳は私の耳であり、私の耳は彼の耳です」

「これはただの秘密じゃない。この地球上でぼく以外誰も知らないことを話すつもりだ。話さなきゃならないから敢えて話すが、リスクを倍にしたくはない」

「リスクが倍になりはしません」ウルフは辛抱強く言った。「グッドウィン氏が出ていけば、私は彼に合図し、別の部屋の仕掛けで我々の話を聞きますよ。ここにいてもらったほうがいい」

「難しい人だな、ウルフ」

「簡単にするふりはしない。私は対処可能にするだけです――そうできるときは」

レイドローはもう少しじっくり考えたいようだったが、再び地球儀に相談することなく決断した。「この件に対処するためにできるだけのことをしてほしい」と言った。「この件で弁護士に相談するわけにはいかない。どのみち、相談するつもりはない。仮に相談しても、弁護士には荷が重すぎる。誰にも相談できないと思ったが、あなたのことを思い出したんだ。あなたは魔法使いだという評判だ。

ぼくには魔法使いが必要なんだ。最初は、グッドウィンがこれを殺人だと考える理由を知りたかった。だが、あなたなら——ちなみに——」

彼はポケットからペンを取り出し、別のポケットから小切手帳を取り出してそばの小さなテーブルの上に置くと、記入しはじめた。小切手を切り取り、さっと目を通すと、立ち上がってウルフの机の上に置き、椅子に戻った。

「依頼料と必要経費の前金として二万ドルでは足りないというなら、そう言ってくれ」と言った。「まだ引き受けてもらってはいないが、引き受けてくれるまでここで粘るつもりだ。対処、とあなたは言った。警察が捜査を進めても、深入りしてぼくの人生のあるいきさつを暴き、公表したりしないよう対処してほしい。それと、ぼくが逮捕され、殺人罪で裁判にかけられることのないよう対処してほしい」

ウルフは唸った。「どちらも保証はできませんな」

「そこまで求めていない。奇跡を起こしてくれとも言わない。二点、はっきりさせておきたい。まず、フェイス・アッシャーが殺されたのなら、殺したのはぼくじゃないし、犯人が誰かも知らない。二つ目は、ぼくは彼女が自殺したと確信してる。殺されたとグッドウィンが考える理由はわからないが、どんな理由だろうと、彼が間違っていると確信している」

ウルフはまた唸った。「ならば、なぜオロオロして私のところに来たのですか？　自殺だと確信しているのならば。警察も人間だから、しくじることも多いが、たいていは真相に辿り着きますよ。最後にはね」

「そこが問題だ。最後にというのが。今度の事件では、警察は真相に辿り着く前に、ぼくの言ういきさつを突き止めるかもしれない。そしたら、警察はぼくを殺人罪で告発しかねない。いや、きっと告発するだろう」

「ほう。とんだいきさつのようですな。打ち明け話がそんなことなら、二つ申し上げましょう。あなたはまだ私の依頼人ではない。そして、仮に依頼人になっても、依頼人が私立探偵になにかを打ち明けることは、特権的な情報提供ではない。袋小路ですな、レイドローさん。そのいきさつがなにかを知るまでは、受任するかどうかは判断できません。だが、受任すれば、全力を尽くして依頼人の利益を守ると付け加えさせてもらいますよ」

「必死なんだ、ウルフ」とレイドローは言い、髪をかき上げたが、その程度では髪はまとまらなかった。「認めるよ。必死なんだ。この仕事を引き受けない理由はないから、引き受けてくれるだろう。ぼくがこれから話すことは、ぼく以外誰も知らない。そう確信してるが、絶対とは言えない。そこが厄介なところだ」

彼はまた髪をかき上げた。「実は情けない話なのさ。ぼくは三十一歳だ。一年半前の一九五六年の八月、ぼくは花を買おうとマディソン街の〈コルドーニ〉に立ち寄った。素敵な娘が対応してくれてね。その晩、彼女を夕食に誘って車で田舎のある店に行った。娘の名はフェイス・アッシャーだ。彼女は十日後から休暇の予定だったが、その前に彼女を説き伏せて、カナダで一緒に休暇を過ごすことにした。ぼくは本名を使わなかった。だから本当の名は知らなかったはずだ。彼女の休暇は一週間だけで、帰国すると、彼女は〈コルドーニ〉の仕事に戻り、ぼくはヨーロッパに行って二か月不在にした。帰国したあと、また彼女と付き合うつもりはなかったが、避ける理由もなかったし、ある日、〈コルドーニ〉に立ち寄った。彼女もいたが、ほとんど相手にしてくれなかった。また〈コルドーニ〉

に来るのなら、ほかの店員に対応してもらってくれと言われたんだ」

「重要な点に絞っていただきたいですな」とウルフは口をはさんだ。

「そのつもりだ。事情を知ってほしいんだ。ぼくは誰かに負い目を感じるのは好きじゃないし、相手が女性ならなおさらだ。二度電話して、会って話そうと言ったが、駄目だった。それで諦めた。〈コルドーニ〉で花を買うのもやめた。だが、数か月後、四月のある雨の日、便利だったから店に行ったんだが、彼女は仕事を辞めていた。尋ねることはしなかった。警察がこの件を探り出す可能性を知っておいてほしいから、こうして詳しく話すんだ」

「まず重要な点を」とウルフはつぶやいた。

「わかった。だが、彼女がグランサム・ハウスにいることをどうやって知ったかは承知しておいてほしい。グランサム・ハウスを創設したのは――」

「知っています」

「なら説明しない。彼女が〈コルドーニ〉を辞めたと知った数日後、友人――オースティン・バインという男で、ロビロッティ夫人の甥だ――の話によると、彼は前の日に、ロビロッティ夫人の用事でグランサム・ハウスに行き、そこで見覚えのある娘を見たという。ぼくも知ってる娘じゃないかと言った――以前、〈コルドーニ〉で働いていた、小さな楕円形の顔と緑色の目をした娘だ、と。ぼくは、そんな馬鹿な、彼女のことは憶えてない、と言った。だが――」

「バイン氏の口調や態度は思わせぶりでしたか?」

「いや、そんな――絶対にそんなことはなかった。だが、不思議に思った。当然だ。カナダに旅行してからまだ八か月だったし、彼女が誰とでも寝る女とは思わなかった。会って話さなくてはと思った。

一番の理由は義務感だったと思いたいところだが、彼女がぼくの正体を知っているか、知っていたら誰かに話したか、話すつもりなのかを知りたかったことも否定はしない。会う段取りをするのに極力用心した。どう対処したか正確にお話しすべきかな?」

「まあ、あとで」

「いいだろう。彼女に会った。彼女は、会うことに同意したのは、二度と会いたくないし、連絡も取りたくないと伝えたかったからだと言った。ぼくを憎んでいるわけじゃない――彼女は人を憎める女じゃない――ただ、彼女にとってぼくはただ一つのこと、つまり、決して自分を許せない過ちを意味する、だから、ぼくを消し去りたいだけだ、と言った。彼女が言ったとおりの言葉だ。『あなたを消し去る』と。赤ん坊は養子に出され、親が誰かを知ることはないと言っていた。ぼくにはお金があった。多額の金が。だが、彼女は一セントも受け取ろうとしなかった。父親は本当にぼくかと訊いたりはしなかった。相手が彼女なら、あなたが同じ立場でも訊かないだろう。彼女はそういう女だった」

レイドローは口をつぐみ、歯を食いしばったが、すぐに力を抜いた。「そのとき、ぼくは女遊びをやめようと決めた。グランサム・ハウスに匿名で寄付をした。それ以来、昨夜まで彼女に会うことはなかった。ぼくは殺してない。自殺だと確信している。そこで再会したことが自殺の引き金になったとは信じたくないが」

彼はまた口をつぐんだが、話を続けた。「ぼくは殺してないが、警察が捜査を続け、そのいきさつを探り当てたら、どうなるかわかるだろう――だが、どうしていいかわからない。警察はぼくを逮捕するだろう。セシル・グランサムがシャンパンを取りに来て、彼女に持っていったとき、ぼくはバーにいた。仮に殺人罪で有罪にならなくとも、そもそも裁判にかけられなくても、今の話はすべて明るみに出るだろうし、それもまずい。グッドウィンがいなかったら、彼の説明さえなければ、警察はほぼ確実に自殺と判断してけりをつけるはずだ。彼が警察になにを説明したのか知りたいと思うのはおかしいか？　どんな代償を払ってでもと思うのが？」

「いえ」とウルフは認めた。「あなたの説明を素直に受け入れるなら、そのとおりです。だが、あなたは要求を変えた。グッドウィン氏が警察になにを説明したかを知るために私を雇いたいとのことだった。そんな言い方ではなかったが。私はその依頼をお断りした。今度は、私を雇ってなにをさせたいと？」

「ぼくのためにこの事件に対処してほしい。物事に対処するのが自分の仕事だとあなたは言った。今の話が探り当てられないように、ぼくとフェイス・アッシャーとの関係が知られないように、彼女を殺した容疑がぼくにかからないように対処してほしい」

「あなたは既に容疑者ですよ。現場におられたのだから」

「馬鹿馬鹿しい。屁理屈だ。グッドウィンがいなければ、ぼくが容疑者になったりしない。誰も容疑者にならない」

ぼくは内心ニヤリとした。「屁理屈」はウルフの口癖の一つだ。赤革の椅子に座った多くの人が、彼から「屁理屈だ」と言われてきた。やり返されたわけで、彼はそれが気に入らないのだ。

ウルフは苛立たしげに言った。「だが、あなたは容疑者だ。既に起きていることを予防するために私を雇うのは愚の骨頂ですよ。あなたは自分が必死だと認めたし、必死の人間はまともに考えることができない。だから、私は見込みを立てなくてはならないし、そうしているのです。警察があなたとフェイス・アッシャーとの関係を探り当てないようにしてくれと言っても、それはかない望みですね。彼女はきっとあなたの本名を知っていたはずです。あなたは〈コルドーニ〉のなじみ客だったのでは？　掛売口座は持っていなかったのですか？」

「ああ。もちろん掛売口座は持ってるが、花屋にはない。花はいつも現金払いだった——あの頃は。今さらどうでもいいが、当時は持たないほうが——そう——賢明だった。彼女はぼくの名前を知らなかったはずだし、仮に知っていても、ぼくのこと——カナダ旅行のことは誰にも話さなかったはずだ」

ウルフは懐疑的で、「そうは言っても」と唸るように言った。「あなたは彼女と公共の場で一緒にいた。街中で。彼女を夕食に誘った。警察が捜査を続ければ、その件を探り出す可能性が高い。彼らはその手のことに長けている。確実に防ぐ方法は、警察が捜査を続けないよう対処することだし、それはグッドウィン氏次第だ」彼はこっちを向いた。「アーチー。レイドロー氏の説明から、自分が間違っていた可能性があると考える気になったかね？」

「いえ」とぼくは言った。「ぼくらは言い値を言えるし、そいつに食指をそそられますよ。でも、ぼくは固執します。ノーです」

「なにに固執するだと？」とレイドローは問いただした。

「フェイス・アッシャーは自殺ではないというぼくの供述に」

「なぜ？　おい、なぜだ？」

ウルフがあとを引き取った。「言えませんね。依頼料を受け入れたとしても、その点はまだ保留です。受け入れたなら、あなたとフェイス・アッシャーの関係は真実だという仮説に基づいて調査を進めますが、あくまで仮説です。これまで仮説の多くが成り立たないことを発見してきました。あなたがフェイス・アッシャーを殺し、私のところに来たのも、なにか悪賢く狡猾な策略の一部だという可能性も十分にある。だとしたら――」

「そんなことはしてない」

「けっこうです。それも仮説の一つですね。では、状況はこうです。グッドウィン氏は頑として譲らないし、警察が捜査を続ければ、必ずその秘密を暴き、あなたを苦しめるでしょうから、ご依頼による私の仕事とは、（a）フェイス・アッシャーは自殺であり、グッドウィン氏が間違っていることを証明するか、（b）犯人を突き止め、暴くことだけです。労力と費用のかかる仕事だし、犯人が誰であろうと、私が犯人を暴けば、私の請求額を支払うという覚書にサインしていただきたい」

　レイドローにためらいはなかった。「サインしよう」

「言いましたが、保証はできません」

「言ったが、保証は求めてない」

「では、決まりです」ウルフは小切手に手を伸ばした。「アーチー。これを依頼料と経費の前払いとして預けてくれ」

　ぼくは立ち上がって小切手を受け取り、机の引き出しにしまった。

「質問がある」とレイドローは言った。彼はぼくに目を向けていた。「ぼくはフェイス・アッシャーにダンスを申し込んで断られたが、君は警察にその話をしなかったようだな。話していれば、警察は必ずそのことをぼくに訊いただろう。なぜ話さなかった？」

　ぼくは椅子に座った。「ぼくが省いたのはそれくらいだな。わけがある。これは殺人だというぼくの考えを警察は最初から厳しく追及した。彼女が君のダンスの誘いを断ったことを警察に話せば、犯人を名指ししていると思われただろうし、これまでの諍いのせいで、彼らはぼくにいい感情を持ってない。君がそのことを質問されて否定したら、警察はぼくに弄ばれたと思うかもしれない。ぼくは忘れちゃいなかったし、その後の進展次第で、あとから言うこともできた」

ウルフは顔をしかめた。「私にも言わなかったな」

「ええ。どうしてですか？　興味をお持ちじゃなかったのに」

「今は違う。だが、うまい具合に、彼女が断った理由は既に説明がついた」ウルフは依頼人のほうを向いた。「ミス・アッシャーが来ることは、行く前からご存じだったのですか？」

「いや」とレイドローは言った。「知っていたら行かなかった」

「あなたが来ることを彼女は知っていたのでしょうか？」

「わからない。だが、考えにくい。同じことは彼女にも言えると思う。知っていたら行かなかっただろう」

「では、驚くべき偶然の一致ですね。概ね無作為に物事が起きる世界では、偶然の一致はあり得るとしても、常に不信感を抱かざるを得ない。以前、そのパーティーに出たことは？　毎年恒例の夕食会に？」

「いや。ぼくが招待を受け入れたのは、フェイス・アッシャーのためだ。彼女に会うためじゃない――さっきも言ったが、彼女が来ると知っていたら行かなかった――過去のいきさつへの思いからだ。精神科医なら罪悪感と呼ぶんだろうな」

「あなたを招待したのは？」

「ロビロッティ夫人だ」

「夫人の屋敷にはよく招かれるのですか?」

「それほどでもない。ほんのたまにだ。息子のセシルとは高等学校時代からの知り合いだが、親しくなったことはない。甥のオースティン・バインはハーヴァード大学の同級生だった。なぜそんなことを。ぼくを探ってるのか?」

ウルフは答えず、壁掛け時計に目をやった。一時十分だ。彼は鼻から大量の空気を吸い込み、口から吐き出した。熱のない目で依頼人を見た。

「この件は時間を要しますね、レイドローさん。まず、あなたから——あなたがその人たちについて知っていることからはじめなくては。グッドウィン氏の言うとおり、とりあえず、ミス・アッシャーは殺されたのであり、殺したのはあなたではなく、ほかの誰かだという仮説に基づいて進めなくてはならないのでね。執事を含めれば十一人——いや、グッドウィン氏を恣意的に除外して十人だ。ふん、数が多いな! 昼食の時間だ。ご一緒にいかがですか。昼食後に再開しましょう。アサリの卵とじ、パセリ、ピーマン、ニラ、取れたてのマッシュルーム、シェリー酒です。グッドウィン氏はミルクを飲み、私はビールを飲む。白ワインがよろしいですか?」

レイドローはそれでいいと答え、ウルフは立ち上がって厨房に向かった。

第六章

レイドローが帰ったその日の午後五時十五分、手帳には、ぼくのプライベートブランドである速記録が三十二ページ分記してあった。もちろん、ウルフは四時に植物室に上がっていたので、この一時間十五分はぼくが事務所の主《あるじ》だった。ウルフが六時に事務所に降りてきたとき、ぼくは既にメモから四ページ分をタイプし、五ページ目をカタカタと打ち続けていた。

大半は時間と紙の無駄だったが、役に立ちそうな情報もあった。まず、まだ生きている三人の未婚の母のことはなにもわからない。ヘレン・ヤーミス、エセル・ヴァー、ローズ・タトルには、レイドローはパーティーの前に会ったことも噂を聞いたこともなかった。もう一つの空白はハケットだ。わかっているのは、彼が優秀な執事で、グランサムが亡くなる前から長年屋敷にいることだけだ。

ロビロッティ夫人。レイドローは夫人があまり好きではない。そうは言わなかったが、明らかだ。彼は夫人を俗物と呼んだ。最初の夫、アルバート・グランサムは、純粋な博愛主義的意欲を持ち、どう実行するかを知っていたが、夫人は偽善者だ。彼女は夫の慈善活動を支持してなどいない。活動継続は夫の遺言で指示されていたことだ。夫人はその活動に多大の時間を費やし、役員会への出席などをこなしているが、その目的は、自分より上の人たちと同列でありたいというだけ。レイドローによると、「上の人たち」とは、自分以上の金持ちのことではない。一千万ドルの資産を持つ男にしては寛大なものの考え方だとぼくは思った。

ロバート・ロビロッティ。レイドローは彼を夫人以上に嫌っていて、実際そう言っていた。未亡人だったアルバート・グランサム夫人はイタリアでロビロッティをものにし、荷物と一緒に持ち帰った。それだけで彼女が俗物だとわかるが、ぼくから見ると、彼の場合はもっとややこしい。ロビロッティは俗物ではないからだ。彼は洗練され、教養があり、知識も豊富だ（これはレイドローの言葉を引用しているだけ）。むろん、彼は寄生虫でもある。屋敷に不足する女という楽しみをどこか別の場所で求めているのかと訊くと、レイドローは、噂はあるが、噂なんて常にあるものだと答えた。

シリア・グランサム。彼女には驚いた——驚愕とまではいかないが、眉をひそめるには十分だ。レイドローは、半年前に彼女に結婚を申し込んだが、断られた。「確かに、彼女のことは客観的に見られない」と彼は言った。「ぼくは幸運だったのかな。フェイス・アッシャーとの関係が終わり、気を取り直しつつあったときのことで、助けを求めていたのかも。シリアはその気になりさえすれば、人をしっかり助けようとする。彼女は自我が強いが、どうすべきかの決断ができない。ぼくとの結婚を断ったのは、ぼくのダンスが下手だからという理由だった」シリアのことを話すうちに、レイドローには昔気質なところがあるなと気づいた。彼女の男性関係はどうなのかと訊くと、答えは曖昧だったし、さらに突っ込んで、彼女が処女だと思うかと訊くと、結婚を申し込んだんだから当然だと答えた。三十一歳なのに旧弊な男だ。

セシル・グランサム。レイドローは、彼のことではそつのないもの言いばかりだったが、それもなぜかはわかる。セシルはレイドローより三つ下で、彼の関心や活動は、レイドローが三年前、フェイス・アッシャーとのいきさつが生じる前に手を出したのと似たようなものなのだろう——条件付きではあるが。つまり、レイドローの財産が無条件で譲られたものなのに対し、セシルの財産は彼の母親が管理する信託財産であり、彼は金の使い方に気を配らなければならないということだ。お金を稼ぐために仕事がしたいが、そのための時間がない、とセシルは漏らしていたという。彼は毎年、夏の三か月をモンタナ州の牧場で過ごしている。

　ポール・シュスター。彼は秀才だ。大学とロースクールで学び、優秀な成績で卒業すると、連邦最高裁判所の判事から事務職のオファーを受けたが、レターヘッドの一番上に五人、横に十二人の名前が載るウォール街の法律事務所で働くことを望んだ。週給百二十ドルくらいか。おそらく、五十歳になれば年収五十万ドルになるだろう。レイドローは彼のことをまあまあ知っているだけで、男女どちらであれ、彼がほかの人間とどのくらい親しい関係にあるかは知らなかった。尊敬すべきレターヘッドの一番上の五つの名前のうち、一つはアルバート・グランサムの弁護士で、シュスターはおそらくその縁でロビロッティ夫人のディナー・テーブルにありついたのだろう。

　ビヴァリー・ケント。ロードアイランド州のケント家の出身だ。有名なのかもしれないが、ぼくは知らない。家族は、ウスケポーという名の全長二マイルの川が流れる三千エーカーの土地に今もしがみついている。彼もハーヴァード大学のレイドローの同級生で、一族の伝統に従って外交官の道を選んだ。レイドローによると、彼は女性と無分別な関係を持ったことはないだろうし、まして暴力など振るわないだろう。

　エドウィン・レイドロー。改心した男、悔い改めた罪人、取り戻した魂。彼はもっとふさわしい言葉があると言ったが、ぼくはそれでいいと言った。三年前、父親の財産を相続すると、それまでのように放蕩を続け、フェイス・アッシャーとのいきさつがあってようやく気を取り直した。彼の知る限り、既婚か未婚かを問わず、ほかの女性を母親にしたことはない。マルヴィン・プレス社を買収するのに資産の半分以上を注ぎ込み、四か月間、夜間や週末はもちろん、週五日、一日十時間を事務所で過ごしてきた。五年後には出版事業が軌道に乗ると考えている。

フェイス・アッシャーのことだが、彼女が誰とでも寝る女ではないとレイドローが考え、最後に会ったとき、身ごもった赤ん坊の父親が自分に間違いないかを問わなかったのは、もっぱら彼女から受けた印象によるものだ。彼女の家族や過去についてはなにも知らず、どこに住んでいるのかさえ知らなかった。教えてもらえなかったからだ。電話番号は教えてくれたので、そこに電話をかけたが、もう憶えていない。心を入れ替えたとき、けじめとして電話番号簿を破棄したのだ。一週間の休暇旅行なら話をする時間もたっぷりあったろうとぼくが言うと、話はたくさんしたが、彼女は自分のことを話そうとしなかったという。彼女はおそらく高卒だというのが彼の推測だ。

ウルフが植物室に行くまでの一時間、ぼくらはパーティーのことで彼とみっちり話をした。ウルフは細かい点まで聞き出し、わずかでもヒントを得ようとした。レイドローは、自分もフェイス・アッシャーも、彼女がダンスを断ったことを除けば、知り合いだと疑われるような言動はなかったと信じている。そのやりとりを聞いたのもぼくだけだ。ダンスに誘ったのも、誘わなければ怪しまれると思ったからだ。

もちろん、最大のポイントは、セシル・グランサムがバーにシャンパンを取りに来たときだ。レイドローは、今しがたまで一緒に踊っていたヘレン・ヤーミス、ロビロッティ夫妻と一緒にバーにいた。彼とヘレン・ヤーミスがバーに来ると、ビヴァリー・ケントとシリア・グランサムがバーから離れ、ロビロッティ夫妻が残った。むろん、ハケットもいた。レイドローによると、セシル・グランサムが来たのは、彼とヘレン・ヤーミスがバーに来て一分から二分のあいだだ。警察にもそう話した。ヘレン・ヤーミスと自分用のシャンパンのグラスを二つ取ったとき、カウンターの上にシャンパンの入ったグラスがほかにあったかどうかはわからない。単に気に留めなかったのだ。警察は状況を思い出させようとしたが、彼には思い出せなかった。確実に言えるのは、シャンパンに毒を入れたのが自分ではないことだけだが、ヘレン・ヤーミスでないこともほぼ確実だ。彼女はレイドローのすぐそばにいたからだ。

ほかにもいろいろあるが、当面はこれで十分だ。ぼくがなぜその大半が時間と紙の無駄だと言ったか、おわかりいただけるだろう。付け加えると、ウルフが口述した覚書をぼくがタイプして、レイドローがサインをした。それと、ウルフの指示で、レイドローが帰るとすぐ、ソール・パンザー、フレッド・ダーキン、オリー・キャザーに電話をし、九時に来るよう伝えた。

いつもどおり六時きっかりにウルフが入ってきて机のほうに向かった。ぼくは完成した四ページ分を元の速記と照らし合わせてから彼のところに持っていき、タイプライターのところに戻った。五ページ目の紙をタイプライターに巻き込むと、ウルフが話しかけてきた。

「アーチー」

ぼくは首をよじった。「なんでしょう？」

「聞いてほしい」

ぼくは椅子をくるりと回した。「はい」

「これが実に厄介な問題であり、不快な状況の上に、大変な困難を伴うということは君も同意見だろう」

「はい」

「ミス・アッシャーは自殺ではないという君の主張について、私は君に三度尋ねた。最初はささやかな好奇心にすぎなかった。二度目は、クレイマー氏の前で、君の判断をはっきり言わせるきっかけにすぎなかった。三度目は、レイドロー氏の前で、君がもはや撤回しないと知っていたから、話のついでに訊いたにすぎない。もう一度訊く。状況はわかっているはずだ。殺人という仮定、つまり、君の証言にのみ基づいた仮定で、私がこの仕事を引き受けたなら、時間、労力、機知、手間がどれほど必要になるかわかっているはずだ。費用はレイドロー氏が支払うが、そのほかは私が負うことになる。さらに言えば、空井戸《から》を掘るようなリスクは冒したくない。だからもう一度訊く」

ぼくは頷いた。「そうくると思いました。当然です。ぼくは揺るぎません。お望みなら、スピーチをぶたせてもらいますよ」

「いや。君はもう根拠を説明した。私はただ、クレイマー氏が説明した状況からすると、そのシャンパングラスに毒を入れ、それがミス・アッシャーに確実に届くようにするのは誰にも不可能だったことを念押ししたいだけだ」

「彼の話は聞きました」

「うむ。そのシャンパンがほかの特定の人間を狙ったもので、ミス・アッシャーに届いたのは不慮によるものだと仮定しても、同じ反論が当てはまる」

「ええ」

「標的は彼女だった可能性が高いのも事実だ。毒薬が彼女のバッグに入っていた以上、ほぼ確実に自殺という結論になるだろうから。だが、君にとっては、殺人が結論だ。したがって、狙われたのはほぼ確実に彼女だ」

「ええ」

「だが、クレイマー氏が述べた根拠からすると、彼女が狙われたとは考えられない」

ぼくはニヤリとし、「やれやれ」と言った。「確かに突飛な話です。どこから手をつければいいかわからないのは認めますが、手をつけるのはぼくじゃない。あなたの役目ですよ。手をつけるといえば、ソール、フレッド、オリーは九時に来ます」

彼は顔をしかめた。彼らに任務を指示しなくてはならない。九時まで三時間足らずで、うち一時間は食事の時間だし、彼はテーブルでは頭を働かせない。

「私は君と話した上で、今ようやく決断したのだ」と彼は唸るように言った。「レイドロー氏の小切手は送り返すこともできた」彼は椅子の肘掛けに手を載せた。「では、私はこの事件に取り組む。君もだ。明朝、その施設、グランサム・ハウスに行き、フェイス・アッシャーのことを調べてくれ。彼女がいつ、どんな経緯で施設に入所し、いつ出所したのか、彼女の子どもはどうなったのか——すべてだ。突き止めたまえ」

「施設に入れるものなら入りますよ。異議ではなく事実として申し上げますが、今日、あの施設には確実に来客が大勢来てます。警官は言うに及ばず、少なくとも一ダースは記者が来ている。なにかいい知恵はありますか？」

「うむ。昨日の朝、オースティン・バインという知人から、そのパーティーに代わりに出てくれと電話があったという話だな。今日、レイドロー氏が、ロビロッティ夫人の甥のオースティン・バインという男が、伯母の用事でグランサム・ハウスに行ったことがあると話していた。同じ男だろうな？」

「たぶんね」ぼくは脚を組んだ。「たまにはぼくの顔を立ててもらっても、あなただって困らないし、ぼくだって士気が上がる。ぼくもオースティン・バインのことは思いつきましたよ。あなたの観察力と記憶力はとうに承知だし、ぼくがとっさに彼の名前を口にした記憶を呼び起こすことで、その能力を証明する必要もなかったのに――なぜ鼻を鳴らすんですか？」

「君の士気が鼓舞を必要とするという考えに笑ったのだ。バイン氏の連絡先は知っているかね？」

　知っていると言った。タイプを打つ作業に戻る前に、彼の番号をダイヤルした。出ない。それから一時間半、タイプを四度中断して電話をかけたが、それでも出なかった。そのうち夕食の時間になった。ウルフは、食事を邪魔するものは誰であろうとなんであろうと許さない。ぼくらは食堂で一緒に食事をするので、ぼくがテーブルを離れるのは一種の邪魔であり、彼はそういうのを好まないのだが、そのときはそうするしかなかった。夕食中に三度、事務所に行ってバインの番号にかけたが、やはり出ず、焼き梨を食べ終わって事務所に移動し、フリッツがコーヒーを持ってきたときにもう一度かけた。呼び出し音を十三回数えて、ようやく「応答なし」の評決を受け入れた。九回目の呼び出し音のときに玄関の呼び鈴が鳴り、フリッツがソール・パンザーだと告げた。一分後、ほかの二人もやってきた。

　その三人組は、目や耳や脚がもっと必要なときにウルフがいつも呼ぶ連中だが、彼らは大都市圏でも選りすぐりの人材だ。それどころか、ソール・パンザーはそれ以上の人材だ。彼は鼻の大きな小柄な男で、帽子をかぶらず、天候が荒れたときは仕方なく縁なし帽子をかぶる。彼なら、事務所と部下を持てば、もっと稼げただろうが、それだとピアノを弾いたり、ピノクル（トランプのゲーム）をしたり、読書に耽る時間がなくなるので、一日七十ドルのフリーランスを選んでいる。フレッド・ダーキンは大柄の禿頭で、短所もあったが、適切な任務を与えれば、少なくともソールの半分の価値はあり、それが彼の賃金だった。オリー・キャザーが勇敢でハンサムというだけでなく、賢くもあったら、雇われる身ではなく人を雇う身だったろうし、ウルフは別の人間を探さなくてはならなかっただろう。優秀な人材は少ないので、それは容易じゃない。

彼らはウルフの机の前に並ぶ黄色い椅子に座った。二か月ぶりなので、挨拶を交わし、握手もした。彼らはウルフがみずから握手のために手を差し出す九人か十人のうちの三人だ。ソールとオリーは勧められたコーヒーを頼んだが、フレッドはビールを頼んだ。

ウルフはコーヒーをひと口飲み、カップを置くと、彼らを見つめ、「私は説明不可能なことの説明を見出す仕事を引き受けた」と言った。

フレッド・ダーキンは眉をひそめ、聞き耳を立てた。ずっと前に、ウルフの発する言葉の一つひとつに手がかりがあると判断し、一語たりとも聞き逃すまいとするようになったのだ。オリー・キャザーは微笑んだ。ギャグを耳にしたら、ちゃんと気づいて面白いと思ったことを示すためだ。ソール・パンザーは、「では、説明を創り出すのが仕事ですね」と言った。

ウルフは頷いた。「そうなるかもしれないね、ソール。創り出すか、破棄するかだ。知ってのとおり、私は通常、個別の任務を与えるだけだが、今回は状況と背景を説明する必要がある。我々はフェイス・アッシャーという女性の死を調査している。彼女はロバート・ロビロッティ夫人の屋敷で毒入りシャンパンを飲んだ。既に耳にしているのでは」

全員が頷いた。

ウルフはコーヒーを飲んだ。「では、依頼人の身元を別にすれば、私が知っていることはすべて知っているはずだ。昨日の朝、アーチーはオースティン・バインという知り合いから電話を受けた。ロビロッティ夫人の甥だ。彼はアーチーに頼みを……」

ぼくはしばらく用なしだし、そろそろバインにもう一度電話するときだと思い、立ち上がって、三人組を迂回して厨房に行き、内線電話から番号をダイヤルした。呼び出し音が五回鳴り、また空振りかと思ったが、もしもしという声がした。

「バインか？」とぼくは訊いた。「ディンキー・バインか？」

「どちら様？」

「アーチー・グッドウィンだ」

「やあ、元気かい。電話してくるんじゃないかと思ってたよ。災難に陥れられたことを責めるためにね。文句は言わないよ。言ってくれ」

「ぼくのことはいいんだが、別の話がある。いつかお返しをすると言ってくれたが、明日がその日さ。グランサム・ハウスに行って、そこの誰か、できれば責任者の女性と話をしたい。おそらくお客さんが多すぎて、中に入れてくれないだろう。だから、ひと言――電話してくれるか、一筆書いてくれるか、あるいは一緒に来てくれないかと思ってね。どうだい？」

沈黙。すると、「なぜぼくからひと言言えばなんとかなると思うんだ？」

「君はロビロッティ夫人の甥だ。誰から聞いたかは忘れたが、夫人は用事で君をそこに行かせたそうじゃないか」

また沈黙。「目的はなんだ？　なにを話したい？」

「気になることがある。昨夜、現場にいたものだから、警察からいろいろ質問されてね。君に陥れられた災難のおかげで興味を抱いたのさ」

「どんな質問だ？」

「話せば長い。それにややこしい。ぼくはもともと詮索好きで、だから探偵業をやってる。依頼人を見つけ出せるかもしれないしね。なに、知らなかったとはいえ、君にされたように、人が毒で死ぬ現場に居合わせてくれと頼んでるわけじゃない。電話をしてほしいだけだ」

「無理だな、アーチー」

「なに？　なぜだい？」

「そんな立場にないからさ。無理だ――そりゃ表向きは――つまり、できないんだ」

「わかった。それならいい。ほかにも気になることがあってね――たくさんある。たとえば、風邪でもないのに、うまくしゃべれないほど風邪をひいてるからと、ぼくに代わりを頼んだのはなぜかというのも気になってね――少なくとも、君が仮病で使った風邪じゃなかった。風邪の仮病の件はまだ警察に話してないから、話して警察から君にそのわけを訊かせたらどうかと思ってね。気になるところさ」

「馬鹿な。本当に風邪をひいてたんだ。仮病じゃない」

「ふん。お大事に。また会おう。君に会うのは警察かもしれないが」

今度は短い沈黙。「切るな、アーチー」

「なぜだ？　なにか言えよ」

「この件を話したい。会えるといいが、電話がある予定だから、ここを離れたくない。こっちに来てくれないか？」

「こっちとは？」

「ぼくのアパートだ。グリニッチ・ヴィレッジのボウドイン・ストリート八七番地。南に二ブロック――」

「場所はわかる。二十分で着くよ。アスピリンでも飲んでくれ」

電話を切ると、流しの前にいたフリッツが振り向いて言った。「思ったとおりだね、アーチー。君が現場にいた以上、依頼人が見つかると思ってたよ」

ぼくは、どうやるかよく考えないと、と言い、事務所に行って、打ち合わせはしばらくぼく抜きでやってくれと伝えた。

第七章

ボウドイン・ストリート八七番地が数年前にどんな様子だったかはわからないが――むろん、なじみの界隈ならわかる――誰かが金をかけて改装したらしく、中に入ると少しも悪くない。タイル張りの床は素敵な濃緑色で、壁は淡緑色だが、色調は同じで、係員のいないエレベーターの入口の枠は、幅広のダルアルミで縁取られている。玄関ホールのインターホンで確認してからエレベーターに乗り、5のボタンを押した。

五階で降りると、バインが出迎え、案内してくれた。彼は帽子とコートを受け取ると、部屋の中へ通してくれた。ウルフにクビにされるか、自分が辞める日が来たら、多少マイナー・チェンジを加えるとしても、喜んで引っ越したいと思う部屋だった。ラグと椅子は好みだったし、照明もまずまずだ。暖炉はない。ぼくは暖炉が嫌いだ。バインはぼくに椅子を勧め、飲み物は要らないかと尋ねてきたが、丁重に断ると、彼はぼくの前に立った。ひょろりと背が高く、関節が柔らかそうで、顔の骨を覆うものは皮膚くらいだった。

「君をとんだ災難に陥れたな」と彼は言った。「本当に申し訳ない」

「いいってことさ」とぼくは言った。「正直言うと、なぜぼくを選んだのか少し疑問だった。タダで、しかもいい助言をしてやるが、次になにかをサボる理由をひねり出したいときはやりすぎないことだ。

理由を風邪にするなら、その手の風邪じゃなく、ごく普通のウイルスにすることさ」

彼は椅子をぼくの正面に移して座った。「仮病だと信じてるようだな」

「当然さ。だが、自分でそう信じていても証明にはならない。証拠を集めなきゃならないし、むろん、必要なら集められる——たとえば、月曜の夜に君が会った人や話した人、昨日電話した人、電話してきた人、そして、昨日ここにいたとすればだが、この部屋をこれほど素敵で清潔に保っている掃除婦——といったところだな。警察にとってはそれが証拠さ。ぼく自身にとっての証拠は、風邪が仮病だったと言ったとたん、君がすぐにぼくに会う気になったことだ。書面にして提出すればいい」

「警察には話してないと言ったよな」

「ああ。ぼくが出した結論にすぎないんでね」

「誰かに話したのか？　伯母に？」

「いや。まさか。君の頼みに応えたのに」

「ああ、ありがたいと思ってるよ。わかってるだろ、アーチー。感謝してる」

「よし。誰だって感謝されたいものさ。なにが言いたいのか、聞かせてもらえるなら感謝するよ」

「そうだな」彼はいかにも気楽そうに頭のうしろで手を組んだ。勝手気ままにおしゃべりをしている友人同士みたいだ。「実はぼくにとっても災難なのさ。というか、君がぼくを身悶えさせる気になったら、災難に陥ってしまう。ぼくが身悶えするのを見たいのか？」

「君の身悶えが面白いんなら、見たいところだな。どうすればいいと？」

「風邪が仮病だったとバラされればそれまでさ。誰にバラそうと伯母に伝わるし、ぼくに跳ね返ってくる」彼は手を離し、身を乗り出した。「こういうことだ。この三年、伯父の誕生日のあのくだらん夕食会に出てきたが、もううんざりでね。伯母がまた誘ってきて、断ろうとしたが、伯母は粘るし、断れないわけもあった。だが、月曜の夜は一晩中ポーカーをし、昨日の朝は頭がぼうっとして、とても無理だった。問題は誰に頼むかだった。その件は、誰でもいいというわけにいかない。最初に目星をつけた二人の候補はよそへ行く予定で、あとの三人はデートの予定があった。次に、君を思い出した。君ならどんな状況でもうまくこなせるだろうし、伯母に会ったこともある。それで君に電話すると、快く引き受けてくれたわけさ」

彼は椅子の背にもたれた。「そういうことだ。すると今朝、事件のニュースがあった。君を巻き込んで申し訳ないと言ったが、本当にそう思ってる。だが、正直に言えば、自分が現場にいなくてよかったと思ってる。愉快な経験じゃないし、まったく身勝手だが、行かなくてよかったと思ってるよ。わかるだろ」

「もちろん。よかったね。ぼくのほうはさほど楽しめなかった」

「だろうな。まさにぼくが頼んだことだし、事情も説明したが、風邪の仮病のことがバレたところで、誰の得にもならない。むろん、ぼくにも得がない。いずれ伯母の耳に入るからね。伯母がどんな反応を示すか、君にもわかるだろう。ひどく腹を立てるだろうな」

ぼくは頷いた。「確かに。ならば、お誂え向きの状況だな。君はぼくに頼みがあるし、ぼくも君に頼みがある。よし、取り引きだ。ぼくは風邪の仮病のことを人には言わないし、君はぼくがグランサム・ハウスで人と話せるようにしてくれ。その女性の名前は？　アーヴィング？」

「アーウィン。ブランシュ・アーウィンだ」彼は人差し指で首の横を掻いた。「取り引きだと？」

「ああ。実にフェアだろ？」

「確かにフェアだ」と彼は認めた。「だが、そんな立場にはないと電話で話したが」

「ああ。だが、あのときは頼み事だった。今は取り引きだ」

彼はまた首がかゆくなった。「考えてもいい。彼女となにを話したいのか教えてくれたらね。理由はなんだ？」

「強欲さ。金銭欲だ。昨夜の事件についての目撃者証言記事に五百ドルのオファーを受けたんだ。背景をもう少し加えて話を膨らませたい。だが、アーウィン夫人には言わないでくれ。記者にはもううんざりしてるはずだ。ぼくは君の友人で、真面目な市民であり、ムショ暮らしは五回だけだと伝えてくれ」

彼は笑った。「それだけ聞けば十分だ。彼女に会えるのを楽しみにな」真面目な顔つきになった。「そういうことか。世の中はおかしなものだな、アーチー。ある娘が自殺するほかないと思い詰める。ぼくがパーティーに出たくないと思ったから、君は現場で彼女の自殺を目撃する。そして、君は現場にいたから、五百ドル手に入れる。世の中はおかしなものさ。結局、ぼくは君にそれほど悪いことはしなかったわけだ」

それも一つの見方だと認めるほかない。彼は、おかしな世の中に酒で敬意を表したいから、一緒に飲まないかと誘い、ぼくは、いいとも、と答えた。彼はぼくにスコッチの水割りを、自分用にバーボンをロックで持ってきた。ぼくらが表敬をすませると、彼は電話に手を伸ばし、グランサム・ハウスのアーウィン夫人に直接電話をかけた。彼の立場に問題はないようで、友人に会ってもらえるとありがたいと伝えただけですんだ。彼女は、午後よりも午前のほうが都合がいいと言った。彼が電話を切ると、ぼくらは酒盛りしながらおかしな世の中のことを話し、ぼくが帰る頃には、兄弟愛に向かって一歩前進していた。

家に戻ると、打ち合わせは終わっていて、三人組は既に帰り、ウルフは机で、ぼくにも読めと言っていたグレンヴィル・クラークとルイス・B・ソーンの『国際法による世界平和』を読んでいた。彼はちょうど読んでいた段落を読み終えると本を置き、ソール、フレッド、オリー宛に二百ドルずつの経費前払いの小切手を切るようにと言った。ぼくは金庫から小切手帳を取り出しに行き、記入すると、小切手帳を戻して金庫に鍵をかけた。彼らの任務について知っておくべきことはあるかと訊くと、それはあとでいいという答え。つまり、読書を続けたいということだ。それから、ぼくのほうの首尾について尋ねてきた。ぼくは、首尾は上々で、九時前にグランサム・ハウスに向けて出発するから、午前中はぼくに会えないと伝えた。

「今はオースティン・バインを『ディンキー』と呼んでます」とぼくは言った。「身長六フィート一インチ（約一八五センチ）だからでしょうが、訊いたわけじゃありません（dinkyは「小さい」の意。反語的愛称）。報告しますと、彼が尻込みしたので、やむなく少し圧力をかけました。昨日の電話では、喉がいかれてるふりをしてましたが、中途半端だった。風邪などひいてなかったんです。今日の説明だと、例のパーティーに三回出たが、もううんざりだから、五人に代わりを頼もうとしたものの、みな都合が悪くて、ぼくに電話したとのことです。ぼくらは取り引きをしました。彼はぼくがグランサム・ハウスに入れるように手配し、ぼくは彼の伯母に仮病のことを話さない、と。伯母にどやされると思ってるようですね」

ウルフは唸った。「女を恐れる男ほど哀れなものはない。悪意はなかったんだな？」

「その点はなんとも。彼は間抜けじゃない。誰かがフェイス・アッシャーを自殺に見せかけて殺そうと企んでいたのを知ってたのかも。それを突き止めるために、機敏で頭がよく、観察力のある者を現場に送り込みたかった。そこで選んだのがぼくというわけです。今はぼくを頼りに、あなたの力を借りて犯人の男を捕まえさせたいと期待してるのかも。あるいは女かな。バカ正直で哀れなだけかもしれませんが」

「彼とは特に親しくなかったんだな？」

「ええ。ただの知り合いです。パーティーで何度か会ったことがあるだけです」

「ならば、君を選んだこと自体が意味深長だな」

「確かに。だから、わざわざ会いに行ったんです。観察するためにね。グランサム・ハウスのアーウィン夫人に会う方法はほかにもありました」

「だが、結論は出せていないわけだ」

「ええ。疑問符のままです」

「よし。ふん、女が怖いとは」彼は本を手にし、ぼくは厨房へミルクを飲みに行った。

翌朝、木曜の午前八時二十分、ぼくは一九五七年型のヘロンのセダンを運転して四十六丁目の坂道を上り、ウェスト・サイド・ハイウェイに向かった。このセダンを買うことでは、去年、ひと悶着し、まだ燻っている。車の代金を払うのはウルフだが、運転するのはぼくだし、ぼくはいざというときにUターンできる車がほしかった。ウルフは、走行中の乗り物の乗員は誰であれ常に命の危険にさらされているし、その危険は乗り物のサイズに反比例すると考えていて、その考えと対立してしまったのだ。彼では四十トンのトラックでもない限りリラックスできまい。こうしてヘロンを買ったのだが、サイズを除けば、ぼくに不満はない。

ラジオと新聞の予報どおりだとすぐ気づいた。ニューヨークで四十八時間続いた雨は、少し北へ行くと雪に代わった。ホーソーン環状交差点《サークル》では、既に道路脇に雪が積もっていた。タコニック・ステート・パークウェイを走っていくと、雪の量がどんどん増えた。今は晴れていて、雪の吹き寄せと土手の斜面に陽が射している。ホイールキャップからほんの一歩のところに高さ四、五フィートの白い雪堤が聳えるコンクリートの路面を時速五十八マイルで走り、昔ながらの冬の試練と格闘するのがとても気持ちよかった。ようやくパークウェイを出て、丘陵地帯を通る周辺道路に入り、数マイルも走ると、試練が迫ってきた。二本の石柱――一本に「グランサム・ハウス」と刻まれている――に挟まれた入口を通り抜け、丘を上る曲がりくねった私道を進むと、細い一車線だけが除雪されていて、急カーヴを曲がると、ホイールキャップが雪堤にかすった。

次のカーヴを抜けると、ブレーキをかけて車を停めた。遮ったのは雪じゃない。前にいたのは、九人から十人の娘だ。陽射しの中で火照《ほて》った顔とキラキラした目をし、ジャケットやコートはみなばらばらで、帽子もかぶらず、手袋をしている者もいれば、してない者もいる。女子高生の集団でも通用しそうだが、一つだけ違和感がある。みな、お腹が大きすぎたのだ。彼女たちは白い歯を見せながら、ぼくににっこりと微笑んだ。

ぼくは窓を下げて頭を突き出した。「おはよう。どうしたらいい?」

茶色の髪が長すぎて顔の真ん中しか見えない娘が、「どこの新聞社の人?」と声をかけてきた。

「新聞社じゃない。そうじゃなくて申し訳ない。ただの使い走りさ。通してくれるかい?」

ブロンドの別の娘がフェンダーのところまで来て、「問題はあなたが道のど真ん中にいることよ」と言った。「横に寄ってくれれば、私たちもなんとかすり抜けて行けるわ」彼女は振り返り、「うしろに下がって、スペースを空けてあげて」と言った。

みな指示に従った。娘たちが十分離れると、ぼくは車をゆっくりと進め、フェンダーが雪堤をかすめるまで右に寄り、車を停めた。娘たちはそれでいいと言い、一列になって進みはじめた。フロントフェンダーの横を通るとき、全員が横向きになったが、それは間違った進み方だと思う。彼らは横幅より前後の幅のほうが大きいからだ。それと、柔らかい雪のほうを向いて、車に背を向けながら進むほうがいいのに、全員、ぼくのほうを向いていた。うち二人は、通り過ぎるとき親しげに挨拶し、尖った小さな顎ときょろきょろした黒い目の娘は手を伸ばして、ぼくの鼻をつまんだ。ぼくは頭を突き出して全員無事に通過したのを確かめると、手を振ってさよならを告げ、ゆっくりとアクセルを踏んだ。

かつて誰かの屋敷だったグランサム・ハウスは、広さほぼ一エーカーで、雪の積もった常緑樹や、冬の骸骨姿の木々に囲まれていた。かろうじて方向転換できる程度のスペースが除雪してあった。そこに車を停め、テラスを横切る小道を辿ってドアまで行き、開けて中に入り、玄関ホールを横切ると、ロビロッティ夫人の客間ほどの広さの廊下に出た。八十は過ぎたと思しき男がよろよろとやってきて、軋るような声で「お名前は?」と言った。

名前を伝えた。彼は、アーウィン夫人がお待ちだと言い、小さな部屋に案内してくれた。女性が机に座っていた。中に入ると、彼女は厳しい声で言った。「娘たちを轢かなかったでしょうね」

「まさか」と請け合った。「停車して彼女たちを通しましたよ」

「ありがとう」彼女は椅子を指し示した。「お座りになって。雪で息が詰まりそうですが、娘たちは外の空気を吸って運動しなくては。新聞記者の方ですか?」

違うと答え、詳しく説明しようとしたが、彼女のほうが発言した。「バインさんは、アーチー・グッドウィンというお名前の友人だと言っていました。新聞によると、ロビロッティ夫人のパーティーにアーチー・グッドウィンという方がおられたようですが、あなたですか？」

こういうのには弱い。彼女の白髪交じりの滑らかな髪、小柄な体型、ぱっちりとした鋭い茶色の目は、ミス・クラークを連想させる。オハイオ州の高校で教わった幾何学の教師だ。ミス・クラークはいつもぼくのことを見透かしていて、ぼくはどう切り出すかを決めてから先生と話したものだ。まず、ぼくですと言うか、私ですと言うかを決めなくては。

「ええ」とぼくは言った。「ぼくです。新聞には、ぼくがネロ・ウルフという私立探偵の下で仕事をしているとも書いてありました」

「そうですね。探偵として来られたのですか？」

肝心な点に切り込むのが好きだな。ミス・クラークもそうだった。だが、ぼくは女を恐れない男でありたい。「その問いに答えるには、お訪ねした理由を説明するのが一番でしょう」と言った。「あのパーティーで起きたことも、ぼくが現場にいたこともご存じですね。フェイス・アッシャーは自殺したと思われています。警察はそれでけりをつけそうな雰囲気ですね。だが、ぼくが目にしたこと、しなかったことを考えると、自殺とは思えない。ぼくの見るところ、彼女は殺されたのです。殺されたとすれば、誰であろうと犯人を逃がしたくありません。ただ、表立って声を上げる前に、少し確認したいことがあります。フェイス・アッシャー本人のことを確かめるには、ここであなたとお話しするのが一番だと思いまして」

「そうですか」椅子の上で背筋を伸ばし、まっすぐにこっちを見た。「では、あなたは羽飾りを着けた騎士なのですね？」

「まさか。羽飾りなんて着けたら間が抜けてしまうし、プライドも傷つきますね。ぼくはプロの探偵で、優秀な探偵でありたいと思ってます。何者かがぼくの目の前で殺人を犯したと考えてるんですよ。どうしてぼくがそんな騎士だと？」

「なぜ殺人だと？」

「申し上げたように、ぼくが目にしたこと、しなかったことからです。観察力の問題ですよ。できれば、その話はもう切り上げたいですね」

彼女は頷いた。「プロには秘密が付きものね。私にも秘密があります。実は私は医師の資格を持っているんですよ。ロビロッティ夫人に頼まれたのですか？」

これは判断の難しい問いではない。グランサム・ハウスは、アルバート・グランサムの遺言で贈与されたものだから、ロビロッティ夫人の恩恵は受けていないし、アーウィン夫人がロビロッティ夫人をどう思っているかは十中八九わかる。だから、ためらいは感じなかった。

「とんでもない。自分の客間で自殺というだけでも我慢ならないでしょう。殺人だという確信の裏付けを求めてぼくがここを訪ねたと知ったら、夫人は激怒するでしょうね」

「ロビロッティ夫人は激怒とは無縁の人ですよ、グッドウィンさん」

「まあ、ぼくよりは夫人のことをよくご存じでしょう。激怒するとすれば、この件には確実に激怒しますよ。むろん、一か八かで来たわけですが。あなたが夫人と同じように、殺人ではなく自殺だと思われるなら、ここまで来るのに大量のガソリンを無駄にしたわけです」

彼女はぼくをじっと見つめて値踏みすると、「自殺とは思っていません」とぶっきらぼうに言った。

「それはよかった」とぼくは言った。

彼女は顔を上げた。「警察に話したことをお話ししてもいいでしょう。もちろん、フェイスが自殺だった可能性はありますが、そうは思えません。娘たちのことはよく知っていますし、彼女はほぼ五か月もここにいたわけで、そうは思えないのです。毒の瓶を持っていたことは知っていました――私には話してくれませんでしたが、ほかの娘の一人が教えてくれたのです――瓶を取り上げるかどうかは迷いましたが、取り上げないことに決めました。危険だったからです。彼女が毒を持っていて、それを見せたり、使うと話したりしているうちは、それが彼女の神経過敏症のはけ口でした。取り上げたら、別のはけ口を見つけなければならなかったはずです。どんなはけ口を見つけるかわかりません。自殺ではないと思う理由の一つは、彼女がまだ毒の瓶を持っていたことです」

ぼくはニヤリとした。「警察はその話が気に入りそうだ」

「もちろん、気に入りませんでした。もう一つの理由は、彼女が毒を使うと決めたとしても、あのパーティーで、あれだけ人のいる場所ではやらないだろうということです。どこか暗いところで、一人で自殺し、私宛に書き置きを残したでしょう。彼女は私が娘たちをどれほど愛しているか、よく知っていましたし、自殺すれば私を傷つけることも知っていたはずですから、書き置きを残したはずです。三つ目の理由は、彼女がとても強い女性だったということです。毒の瓶は、彼女がなんとか打ち負かそうとしていた敵に過ぎなかったのです――敵とは死のことで、彼女は死を征服しようとしていたんです。彼女の心の奥に宿る精神は、時おり彼女の目にきらりと表れました。そのきらめきを目にされたらよかったのですが」

「目にしましたよ。火曜の夜、彼女と踊っていたときに」

「そのとき、彼女はまだ毒を持っていて、自殺もしなかった。でも、自殺しなかったことをどうやって証明なさるんですか？」

「証明できません。やらなかったことは証明できない。やったことか、少なくともやろうとしたことを証明する必要があります。彼女がシャンパンに毒を入れなかったのなら、何者かが入れたことになる。それは誰か？　目標はそこです」

「ああ」彼女は目を大きく開けた。「そうね！　もちろんそうです。でも、グッドウィンさん、信じてほしいのですが、それは思いもよらぬことでした。私はフェイスが自殺ではないと思っていただけです。私の考えはそこで止まっていました」彼女は唇を引き結び、かぶりを振ると、「私ではお役に立てませんね」と強調した。「ともかく、ご成功をお祈りします。できればお力になりなりたいところですが」

「それはもう既に」とぼくはきっぱりと言った。「まだあるかもしれませんが。少々質問をしてよろしいですか。新聞はお読みですから、火曜の夜、誰が現場にいたかはご存じでしょう。三人の娘——ヘレン・ヤーミス、エセル・ヴァー、ローズ・タトル——のことですが、フェイス・アッシャーがこの施設にいたとき、その三人もここにいましたね？」

「ええ。つまり、時期は重なっていました。ヘレンとエセルはフェイスが出所するひと月前に出所しました。ローズはフェイスが出所する六週間前にここに入所しました」

「三人の中で、以前から彼女を知っていた人は？」

「いません。訊いてはいませんが——過去のことは娘たちに極力訊かないようにしていますから——知っていた様子はなかったし、ここで起きていることで私の知らないことはほとんどありません」

「その三人と彼女のあいだでなにかトラブルは？」

彼女は微笑んだ。「おやまあ、グッドウィンさん。できればお力になりたいと申し上げましたが、それは馬鹿げています。娘たちには、当然、口論や諍いもありますが、はっきり申し上げて、ここで起きたことでヘレンやエセルやローズが殺意を抱くことはありませんでした。そんなことがあれば、すぐに気づいて対処したでしょう」

「なるほど。三人の中の一人でないとすれば、ほかの誰かですね。三人の男性ゲスト――エドウィン・レイドロー、ポール・シュスター、ビヴァリー・ケントはどうでしょう。彼らの中でご存じの方はいますか?」

「いえ。それまで名前も聞いたことがありませんでした」

「彼らのことはなにも知らないと?」

「まったくなにも」

「セシル・グランサムはどうですか?」

「もう何年も会っていません。セシルが十代半ばの頃、父親が私たちの夏のピクニックに二回、いえ、三回、彼を連れてきました。父親が亡くなって一年は、この施設の理事会のメンバーでしたが、辞任しました」

「彼とフェイス・アッシャーにはなんのつながりもないと思われますか?」

「ええ」

「ロバート・ロビロッティはどうですか?」

「一度だけ会ったことがあります。二年以上前ですが、ロビロッティ夫人と一緒に感謝祭の夕食会に来られたときです。彼は娘たちのためにピアノを弾き、歌を歌わせました。ロビロッティ夫人が帰ろうとすると、娘たちは彼が帰るのを残念がって。私も複雑な気持ちでした」

「でしょうね。フェイス・アッシャーはそのとき、ここにいなかったのですね？」

「ええ」

「すると、男は以上ですね。シリア・グランサムは？」

「以前はシリアのことをよく知っていました。彼女は大学卒業後の一年ほど、よくここに来ていました。月に三、四回、娘たちにいろいろ教えたり、話をしたりしていましたね。でも、突然来なくなりました。彼女はよく力になってくれましたし、娘たちも彼女を気に入っていましたけど。彼女には優れた資質があります。というか、ありました。でも、我がままなんです。もう四年も会っていません。ちょっと付け加えたいことが」

「どうぞ」

「誤解されそうなら言いたくないのですが。殺人犯をお探しですが、シリアはきっかけがあれば殺人を犯しそうな人です。彼女が認める唯一の規範は自分自身なんです。でも、彼女がフェイス・アッシャーを殺そうとするきっかけは思いつきません。もう四年も会ってませんし」

「では、彼女がフェイス・アッシャーと接触があったとしても、ご存じないですよね。最後に、ロビロッティ夫人ですが」

「そう、あの方はなによりロビロッティ夫人です」彼女は微笑んだ。

ぼくは微笑み返した。「同感です。夫人のことはよくご存じですよね。彼女はアルバート・グランサム夫人でした。ちょっと付け加えたいことが」

「どうぞ」

「誤解されそうなら言いたくないけど。ロビロッティ夫人がフェイス・アッシャーを殺したと思われる手がかりをご存じなら、お話しくださるのがあなたの義務では。そこで、率直にお尋ねしますが、ご存じですか？」

「厚かましいことを、グッドウィンさん。でも、率直にお答えします。存じません。グランサム氏が亡くなってから、ロビロッティ夫人は旅行中を除いて月に一度くらいここに来ておられますが、娘たちと打ち解けたりしませんし、娘たちも打ち解けたことはありません。もちろん、フェイスがここにいるときも来られましたが、私の知る限り、夫人はグループの一人としてしかフェイスと話したことはないはずです。ですから、ご質問への答えはノーです」

「グランサムの誕生日に毎年催される夕食会に招待される娘を選ぶのは誰ですか？」

「グランサム氏の生前は、私が選んでいました。亡くなってから最初の数年は、私がお示しした情報に基づいてグランサム夫人が選んでいました。この二年、夫人はバインさんに任せていて、彼は私に相談しています」

「へえ？　ディンキーはそんなことは言ってなかったな」

「ディンキー？」

「バイン氏です。愛称ですよ。彼に訊いてみるか。でも、よろしければ、彼がどうやって選んでいるのか教えてくれますか？　彼が名前を示して、あなたに訊くとか？」

「いえ。この一年にここに入所した娘たちを中心に、私が情報とコメントを添えて名簿を作り、その中から彼が選ぶんです。名簿は慎重に作っています。ああした場を嫌う娘もいますから。バインさんがどんな基準で選んでいるかはわかりません」

「訊いてみますよ」ぼくは彼女の机に手を載せた。「本題ですが、力をお貸しいただけるのなら、これはぼくが最もあてにしていることです。フェイス・アッシャーの死につながったいきさつは、それがなんであれ、彼女がここに入所する前のことである可能性が高い。退所したあとという可能性もありますが、その点はどのみちご存じないでしょう。彼女はほぼ五か月ここに入所していました。過去のことは娘たちに訊かないようにしているとおっしゃいましたが、彼女たちは自分のほうから話してくるのでは？」

「そんな娘もいます」

「でしょうね。当然、秘密でしょうけど。だが、フェイスはもう故人だし、力になりたいとおっしゃいましたよね。彼女はいろいろ話したはずです。自分が入所する原因となった男の名前だって話したのでは。違いますか？」

これは訊かないわけにいかない質問だ。アーウィン夫人はいかにも狡猾で、それこそがフェイス・アッシャーの過去について探偵が真っ先に訊く、一番答えを知りたい問いだということに気づかないふりをしていた。もし訊かなかったら、なぜだろうと不思議に思ったはずだし、賢そうだから、ぼくが既に知っているのではと疑ったかも。エドウィン・レイドローのことは聞いたことがないと言った彼女の口調や態度からして、その答えを知っているとは考えにくかったが。

「いえ」と彼女は言った。「父親のことはなにも言わなかったし、ほかの娘たちにも話したとは思えません」

「でも、あなたにはいろいろ話したのでは？」

「それほどでも。事実、つまり彼女の知り合いや過去という意味でしたら、なにも聞いていません。

でも、彼女は私とよく話したし、私は彼女のこと——つまり、彼女の人生について二つ確信を得ました。いえ、三つですね。一つは、彼女が性的関係を持った男性は一人だけで、期間も短かったということ。二つ目は、彼女は自分の父親を知らず、おそらくどんな人かも知らないということ。三つ目は、自分の母親がまだ存命中で、母親を憎んでいたということです——いえ、憎むは言いすぎですね。フェイスは人を憎むような娘ではなかった——憎むは強すぎる言葉です。その三つの確信を得ましたが、どれも彼女がはっきり口にしたことではありません。彼女の過去についてはそれ以上知りません」

「母親の名前はご存じですか？」

「いえ。申し上げたように、事実はなにも知りません」

「彼女はどんな経緯でグランサム・ハウスに？」

「ちょうど一年前の三月に入所しました。妊娠七か月でした。事前に手紙も電話もなく、いきなり来たんです。雑誌でグランサム・ハウスのことを読んだことがあって憶えていたとか。赤ちゃんは五月十八日に生まれました」彼女は微笑んだ。「ここで生まれた子の誕生日を全部憶えているわけじゃありません。警察の依頼で確かめたんです」

「その赤ん坊がなにか関係があるのでは？　つまり、彼女の死に？　その子の誕生や養子に関係した事柄や人物はどうですか？」

「なんの関係もありません。本当になにも。それは私が処理しています。信じてください」

「彼女に来客は？」

「いえ、一人も」

「五か月入所ということは、出所は八月だ。誰か迎えに来ましたか？」

「いえ。娘たちは普通、出産後いつまでもここにはいません。でも、フェイスは産後の肥立ちが悪かったので、回復を待たなくてはなりませんでした。彼女のために来てくれた人がいましてね。理事の一人、ジェイムス・ロビンズ夫人です。彼女がフェイスをニューヨークまで送ってくれたんです。ロビンズ夫人は彼女のために家具店の〈バーウィック〉の仕事を見つけてやり、もう一人の娘、ヘレン・ヤーミスと部屋をシェアするように手配してくれました。ご存じのように、ヘレンは火曜日の夜、現場にいました。ヘレンならなにか知っているかも――なんですか、ドーラ？」

ぼくは振り向いた。ドアを開けたのは女性で――中年で、青い制服のわりに少し太めだ――ドアのノブを握って立っていた。口を開いた。「お邪魔してすみません、先生。でも、キャサリンがちょっと早まりそうなんです。九時から四回で、最後はほんの二十分前です」

アーウィン夫人は椅子から立ち上がり、歩み出した。ぼくのところに来る前にぼくも立ち上がり、彼女が握手のために差し出した手を握った。

「ただの兆しかもしれませんが」と彼女は言った。「見に行くほうがいいでしょう。グッドウィンさん、あらためてご成功をお祈りいたします。ご成功がどんな結果となろうと。お仕事を羨ましいとは思いませんが、ご成功を。急ぎますので失礼します」

ぼくもそう祈ってると言ったが、彼女やキャサリンの仕事よりぼくの仕事のほうがましだと付け加えてもよかっただろう。椅子からコートを取り上げて着ながら、彼女が十五年ここにいて、平均して週に一人なら、キャサリンの子は七百八十人目だし、月に二人でも三百六十人目になるな、と計算した。車に向かう途中、ふと不安になった。帰り道に娘たちに出会ったら、ぼくは下り坂、彼女たちは上り坂でさっきの手順を繰り返さなくてはならないし、彼女たちが車の横とドアハンドルにまたお腹をこすりつけるのかと思った。だが幸い、エンジンをかけると、彼女たちは私道のトンネルから除雪されたスペースにぞろぞろと出てきた。みな、顔は前より火照り、ふうふう息をしていた。一人が、「あら、もう帰るの？」と大声で言い、もう一人が、「お昼くらい食べていったら？」と声をかけてきた。また今度、とぼくは言った。到着時に車を方向転換させておいてよかった。キャサリンが大仕事にとりかかろうとしていることを伝えて、どんな反応を示すか見たい誘惑に駆られたが、機転の利くことじゃないな、と思い直し、彼女たちが道を空けるのを待ってから、アクセルを踏んで走り出した。さよならを言わなかったのは息を切らしていた娘だけだった。

第八章

　事務所に来客があるときは、重要な話や儲かる話でなくとも同席したいのだが、そのときは五分遅刻してしまった。その日の午後六時五分に事務所に戻ると、ウルフは机、オリー・キャザーはぼくの椅子、ヘレン・ヤーミス、エセル・ヴァー、ローズ・タトルはウルフの前にある三脚の黄色い椅子に座っていた。ぼくが入ってくると、オリーは立ち上がって長椅子に移った。彼は、ぼくの机と椅子をいずれ自分のものにという思いを捨て切れず、ぼくがいないと決まってそこに座りたがる。

　グランサム・ハウスから戻るのに車で六時間かかったわけじゃない。フリッツが保温してくれた昼食に間に合い、アーウィン夫人との話をウルフに一言一句正確に報告した。彼は、この世の女はみな頭のネジがどこか緩んでいると信じているから、彼女の精神は健全で純真だというぼくの意見に懐疑的だったが、彼女が要領よく話し、関係者について役に立ちそうなヒントをくれたこと、オースティン・バインに悪意がなかったとも限らないことを示唆してくれたことは認めざるを得なかった。もう一度ディンキーと話してみろという指示があった。彼に電話しても出ないし、回線を外してるのかもしれないから、ぼくは日差しの中を散歩に出て、まず銀行に行ってレイドローの小切手を預けると、ボウドイン・ストリート八七番地まで歩いた。

　玄関ホールのバインのボタンを押しても反応はなし。ウルフには、合い鍵の束を持っていき、バインが留守だったら中に入って物色してみようかと提案したが、ウルフは、そこまでするほどバインにはまだ関心がないと言って却下した。そこで、通りの反対側の戸口で一時間十五分ほど待ってみた。どれだけかかるか、ましてどれだけ役に立つかもわからないのに、誰かが来るのを待つのは、この仕事で一番うんざりする雑事の一つだ。

タクシーが八七番地の前に停まり、バインが出てきたのは五時十二分。彼が運転手に金を払って振り返ると、そこにぼくがいた。

「ぼくらは楽しみを共有しなきゃ」とぼくは言った。「会いたくなって来たら、君がいたというわけだ」

兄弟愛になにかが起きていた。目が冷たい。「いったい――」と言いかけたが、「ここじゃ駄目だ。部屋に行こう」と言った。

態度までおかしかった。ぼくより先にエレベーターに乗り込み、上に着くと、先に部屋に入れてくれたが、コートと帽子は自分で掛けなくてはいけなかった。マイナー・チェンジだけ必要な部屋に入ると、ぼくが椅子に座るや否や、「例の殺人のたわごと《クラップ》はどうなった?」と訊いてきた。

「『たわごと《クラップ》』という言葉は気に入らないな」とぼくは言った。「オハイオ州にいた子どもの頃にその言葉が出てきても、意味ははっきりしてた。ところが、一度辞書を引いてみると――(crapには「うんち」の意味もある)」

「くだらん」彼は座った。「伯母の話だと、君がフェイス・アッシャーは殺されたと言ってるせいで警察は自殺だと認めないとか。自殺だとよくわかってるくせに。なにを企んでる?」

「企んでないさ」ぼくらは勝手気ままにおしゃべりをしている友だち同士だろ、とばかりに、ぼくは頭のうしろで手を組んだ。「なあ、ディンキー。君は警官でも地方検事でもない。ぼくは火曜の夜のパーティーで見聞きしたことを警察に供述したが、そんなことでなぜ警察の判断が鈍るのか、わけを知りたけりゃ彼らに訊くしかない。ぼくがなにか嘘をついていれば、警察に見破られてパクられちまうさ。そんなことで言い争いたくないな」

「なにを供述した？」

ぼくはかぶりを振った。「警察に訊けよ。言うつもりはない。ぼくに言えるのは、自殺と判断できない理由がぼくの供述だけだというなら、ぼくはただのスケープゴートだということさ。ぼくはみんなから迷惑の元凶にされるし、そんなのは御免だが、どうにもならない。だから、自分で少々調べたかったのさ。それで、グランサム・ハウスでアーウィン夫人にお目にかかりたかったんだ。フェイス・アッシャーの話で五百ドルのオファーを受けたと言ったろ。そのとおりなんだが、本当にほしかったのは、あのパーティーにいた誰かに彼女を殺す動機があったかという情報だ。たとえば、誰かがあのパーティーで彼女を殺そうと考えたのなら、そいつは彼女がそこに来ることを知ってたはずだ。だから、彼女がどうやって招待客に選ばれたのか、選んだのが誰なのかをアーウィン夫人に訊きたかったんだ」

ぼくは親しげに微笑んだ。「訊いたら教えてくれたが、役に立たなくてね。選んだのは君で、君自身はパーティーに来なかったからだ。君は行かずにすますために風邪の仮病まで使った——ちなみに、その件は言わないと約束したし、言ってないよ」兄弟愛がまだ残っていることを思い出させても損はないと思った。

「わかってる」と彼は言った。「ぼくを揺さぶるためにそう言ったんだろ。フェイス・アッシャーを選んだことなら、アーウィン夫人が経緯を説明したはずだ。彼女が警察に話したことも知ってる。彼女からもらったコメント付きの名簿の中から四人の名前を選んだだけだ。地方検事局に行って、その話をしてきたところさ。彼らにも説明したが、ぼくは娘たちのことなど個人的には知らなかった。アーウィン夫人のコメントからよさそうな娘を選んだだけだ」

「名簿はまだあるかい？　もらったんだろ？」

「持ってたが、地方検事補に渡した。マンデルボームという人だ。君から頼めば、きっと見せてくれるだろう」

その皮肉は無視して、「どのみち」と言った。「君がフェイス・アッシャーを選ぶ気になったことがコメントからわかったとしても、君はパーティーに来なかったんだから、真剣に選んだとは言えないね。選考の最中にたまたま誰か一緒にいたのかな？　『フェイス・アッシャーって素敵な名前の娘がいる。珍しくいい名前だ。彼女を選んだらいい』とか言った人は？」

「誰もいない。ぼく一人だった」彼は指差した。「あの机でやってたんだ」

「じゃあ駄目だ」ぼくはがっかりした。「訊きたいことがある。グランサム・ハウスからの帰路、ちょっとしたことを思い出してね――君は手間をかけて招待する娘を選ぶほどの興味はあっても、パーティーに行くほどの興味はなかった。行かずにすますためにずいぶん手間をかけた。ちょっと矛盾してるように見えるが、説明できるよね」

「君に？　なぜ君に説明しなきゃならない？」

「なに、独り言で説明してくれれば、横で聞かせてもらうよ」

「説明することなどない。娘たちを選んだのは伯母に頼まれたからだ。去年もそうした。昨夜のパーティーを欠席したわけは話しただろ」小首を傾げると、右の頬骨の皮膚がピンと張った。「なにが言いたい？　ぼくの考えがわかるか？」

「いや。でも知りたいね。教えてくれ」

彼はためらいを見せた。「ぼくの考えというのは正確じゃない。伯母の考えだ——あるいは、伯母の胸の内に燻る疑いと言おう。伯母は君の以前の腹立たしい言葉をまだ忘れていないようだ。それと、ウルフの仕事の請求額が高すぎると思ってる。つまり、君が警察と地方検事に殺人説を売り込んで、彼らが伯母とゲストたちにたっぷり嫌な思いをさせれば、伯母がそれをやめさせるために多額のご寄付をする気になると、君やウルフが期待してるんじゃないかという疑いさ。そのご寄付をいただけば、君がなにかを思い出し、警察や地方検事の考えを変えさせるというわけだ。さあどうだ？」

「疑いはごもっともだ」とぼくは認めた。「だが、無理がある。ぼくが供述書にないことを今頃思い出したら、警察と地方検事に頭の皮を剝がれちまうし、伯母さんからいくらご寄付をいただこうと、その埋め合わせにはならない。伯母さんに伝えてくれ。お褒めの言葉と寛大なオファーはありがたいが、残念ながら——」

「オファーがあったとは言ってない。くだらん供述書のことばかり言うが、なにが書いてあるんだ？」

当たり前だが、そのことが彼を悩ませていた。シリア・グランサム、エドウィン・レイドローや、おそらく彼ら全員を悩ませているように。彼はそのことを十分もしつこく言い続けた。自分で、あるいは伯母に代わって、現金のオファーをすることまではしなかったが、ぼくの群居本能から良心に至るまで、あらゆるものに訴えかけてきた。客が六時に事務所に集まるし、ぼくも同席したかった。そうでなかったら、彼が思わぬことを口にするかもしれないし、息の続く限りしゃべらせ続けただろう。帰るとき、彼はひどく苛立ち、廊下までの見送りもしてくれなかった。

ギリギリの時間だったし、アップタウンの交通状況が一番ひどい時間帯だったため、刻限に間に合わなかった。タクシーから降りて玄関に向かったのは六時五分。それほど神経質にならなくてもいいのに、と思うなら、ぼくほどウルフのことを知らないのだ。女性が泣き出したとか、彼に向かって叫びはじめたというだけで、ウルフが立ち上がって部屋を出ていき、エレベーターに乗ってしまったのを見たことがある。彼の話では、予定の客は、ヘレン・ヤーミス、エセル・ヴァー、ローズ・タトルの女性三人で、警官に入れ代わり立ち代わり付き合わされて、彼女たちもどんな状態になっているかわからない。

だから、事務所に入ると、すべてが平和で、ウルフが机にいて、娘たちが彼の前に一列に並び、オリーがぼくの椅子に座っているのを見てホッとした。客たちに挨拶すると、オリーは長椅子に移動した。ぼくが自分の椅子に座ると、ウルフが話しかけてきた。

「まだ挨拶を交わしただけだ、アーチー。なにか報告することは？」

「急ぎの話はなにも。彼はまだ女を恐れてます」

ウルフは娘たちのほうを向いた。「申し上げる途中でしたが、お越しいただきありがとうございます。皆さんはなんら拘束されておりません。キャザー氏からお越しいただくようお願いしたのは、彼の説明のとおり、火曜日の夕方の警察による聴取で、グッドウィン氏がフェイス・アッシャーは殺されたとの意見を述べたことが、私にとって懸念すべき複雑な問題を引き起こしており、あなた方と相談したかったからです。グッドウィン氏は依然として——」

「彼には言ったわ」ローズ・タトルが口をはさんだ。「フェイスが毒を飲むかもしれないって。なにも起きないように見ていると言ってたけど、起きてしまった」彼女の青い目と丸い顔はパーティーのときほど元気いっぱいではなく、それどころか、まったく元気がなかったが、彼女の曲線は見事に決まっていて、ポニーテールは粋に弧を描いていた。

ウルフは頷いた。「彼からもそう聞いています。だが、彼の考えでは、実際に起きたのはあなたが恐れていたことではない。彼は依然として、ミス・アッシャーのシャンパンに毒を入れたのはほかの人間だと考えています。ご異議がありますか、ミス・タトル？」

「わからない。自殺かもと思ったけど、私は見てなかったし。その件はたくさん質問に答えてきたし、もう自分の考えなんてないわ」

「ミス・ヴァーは？」

物色中だったらエセル・ヴァーを選んだだろうとぼくが言ったのを憶えておられるだろうか。彼女はウルフの正面にいたので、ぼくには横顔が見え、彼女は窓からの日差しを浴びていた。顔はレパートリーにある変化をなにも見せなかったが、いい角度だったし、顔の上げ方を変えようとはしなかっただろう。彼女は唇を開いたが、また閉じてから答えた。

「フェイスが自殺したとは思わないわ」彼女は震えそうになるのを抑えた声で言った。

「思わないと、ミス・ヴァー？　なぜですか？」

「だって、彼女を見てたもの。シャンパンを手にして飲んだときよ。私はグッドウィンさんと立ち話をしていたけど、そのときは私たち、なにもしゃべってなかったの。フェイスが毒を持ってることを彼に話したってローズから聞いてたからよ。彼がフェイスを見てたから、私も見てたの。彼女はシャンパンになにも入れなかったわ。それなら私も見たはずだもの。警察は、グッドウィンさんからそう言えと頼まれたんだろと追及してきたけど、なにも頼まれてないし、あり得ないってずっと言ってるの。彼にそんなチャンスはなかったもの」彼女は、顔を変化させながらこちらに顔を向け、もちろん、ぼくもまっすぐに見つめた。「でしょ、グッドウィンさん?」

彼女のところに行って、抱きしめてキスをし、クレイマーと地方検事補たちを撃ち殺しに行こうかと思った。クレイマーはぼくの供述に傍証があるとは言わなかった。それどころか、ぼくさえいなければ自殺と考えるのに、と言いやがった。ろくでもない嘘つきめ。撃ち殺してから損害賠償で訴えてやる。

「もちろん、なかったさ」と彼女に言った。「ぼくの意見を言わせてもらおう。夕食会の席で、君はまだ十九で、物事の受け止め方を心得てないと言ったが、物事の観察の仕方、自分の主張の貫き方はよく心得てる」ウルフのほうを向いた。「申し分ない、と彼女に言っても差し支えないでしょう」

「そうだな」と彼は認めた。「いや、ミス・ヴァァー、まったく申し分ない」その言葉の重みを彼女が知っていたら、それはまさに勝利だった。ウルフはぼくが大成果を上げたときにしか申し分ないとは言わない。彼の目が動いた。「ミス・ヤーミスはどうですか?」

ヘレン・ヤーミスはまだしっかりしていたが、どうやら弧を描く大きな口の両端は完全に下がり、それが彼女の一番の美点だっただけに、途方に暮れているように見えた。「自分の考えを話すことしかできないけど」と固い口調で言った。「フェイスは自殺したと思うの。楽しむためのパーティーに毒を持ってくなんて馬鹿げてるって彼女には言ったけど、バッグの中に毒が入ってるのを見たわ。使うつもりもないのなら、なぜそんなものをパーティーに持っていくの?」

ウルフの女性観には大きな欠陥があるが、少なくとも女性に論理を振りかざそうとしない程度には女を理解している。不合理なものに訴える彼女の言い分を無視しただけだ。「毒を持っていくなと言ったのはいつですか？」と彼は訊いた。

「パーティーに行くために着替えてたときよ。同じアパートの部屋に住んでたの。大きな寝室に簡単な台所、廊下の奥にお風呂があるだけだったけど、それでもアパートなのね」

「彼女とはどのくらい一緒に住んでいたのですか？」

「七か月よ。彼女がグランサム・ハウスを出所した八月から。この二日ずっと考えてきたから、お訊きになりたいことはなんでもお話しするわ。ロビンズ夫人は金曜に彼女をグランサム・ハウスから連れてきて、月曜から〈バーウィック〉の仕事に就けるように手配したの。彼女、着るものがあまりなくて――」

「どうか手短に、ミス・ヤーミス。ミス・ヴァーとミス・タトルのご都合も考えなくては。この七か月、ミス・アッシャーには多くの来客がありましたか？」

「一人もいなかったわ」

「男性も女性も？」

「ええ。月に一度、ロビンズ夫人が私たちの様子を見に来ただけ」

「彼女は夜をどう過ごしていましたか？」

「週四日、タイピングと速記を習うために夜間学校に通ってたわ。秘書になるつもりだったの。私と同じでへとへとだったのに、どうしてそんなことができるのかわからなかった。金曜はよく二人で映画を見に行ったわ。日曜はいつも散歩に行くと彼女は言ってた。私はへとへとで無理だったけど。どのみち、デートの予定があったりとか――」

「どうか手短に。ミス・アッシャーには友人が一人もいなかったのですか？　男性も女性も？」

「見たこともないわ。デートしてたこともないし。私、よく言ったの。そんな生き方じゃ駄目、芋虫みたいにもぞもぞと生きるなんて――」

「郵便物は来ていましたか？」

「知らないけど、来てなかったと思う。郵便物は一階の廊下のテーブルの上に置いてあったの。彼女が手紙を書いてるのも見たことないし」

「電話はかかってきましたか？」

「電話は一階の廊下にあったけど、私がいるときに電話がかかってきたら当然わかるわ。彼女が電話に出たのは憶えがないの。なんだか変ね、ウルフさん。あなたのご質問は考えなくても答えられるわ。警察が訊いてきたのと同じ質問ばかりで、言葉まで同じだし。だから、よく考える必要もないの」

彼女も抱きしめてキスしてやりたい気になったが、エセル・ヴァーとは違った気持ちからだ。ウルフの鼻っ柱をへし折る者は自然界の調和に貢献しているのだ。彼にすれば、面と向かって警官の丸写しでしかないと言われれば、夕食の食欲を失ってしまう。

ウルフは唸った。「捜査官は誰しも、ある程度までは決まった手順に従うものですよ、ミス・ヤーミス。そこから先は、才能のある者だけがそれを活かせるチャンスを得る。ないという答えばかりでは困ったものですな」また唸った。「私にも警察の真似にならない質問を考え出せるだろう。やってみましょう。ミス・アッシャーと一緒に暮らした七か月、彼女が――仕事、夜間学校、ロビンズ夫人の訪問以外で――他者との社会的接触や個人的接触を持ったことに関してなんの感触も得られなかっということですね？」

ヘレンは顔をしかめた。しかめ面はますます濃くなり、「もう一度おっしゃって」と求めた。

彼はゆっくりと言った。

「そんな質問はされなかったわ」と彼女はきっぱりと言った。「カンショクってなに？」

「暗示、ヒントです」

彼女はまだしかめ面をしていたが、かぶりを振った。「ヒントなんて憶えてないわ」

「以前知っていた男性に会ったという話はなかったですか？　あるいは女性に？　誰かに、たとえば、〈バーウィック〉で困らされた客とか、街中で声をかけられた相手とか？　誰かとの邂逅のせいで頭痛や不機嫌になったという話はなかったですか？　邂逅とは直接の出会いのことです。楽しいことか、嫌なこととか、なにかの経験との関連で人の名前を口にしたことはなかったですか？　一緒にいたあいだ、なにも思い出すことが――なんですか？」

ヘレンのしかめ面が急に消え、口の両端が少し持ち上がった。「頭痛ね」と言った。「フェイスは頭痛に悩むことなんてなかったけど、一度だけあったの。ある日、仕事から帰ってきたときよ。なにも食べず、その夜は学校にも行かなかった。アスピリンを飲ませようとしたけど、効かないって言うの。そしたら、私に母親がいるかって訊いてきて、もう亡くなったと答えたら、彼女は自分の母親も死んでくれたらいいのにと言ったの。彼女らしくなかったし、ひどいもの言いだと言ったら、『そうね、でも、あなたに私の母みたいな母親がいたら同じことを言うわ』って答えたわ。昼食に出かけたときに街中で母親に出くわして騒ぎになり、母親から走って逃げなきゃいけなかったと言ってた」ヘレンは嬉しそうだった。「じゃあ、あれがセッショクだったのね？」

「そうです。彼女はほかになにか言いましたか?」

「それだけよ。翌日——いえ、二日後ね——自分のもの言いを悔やんで、本気で言ったんじゃないと話してた。私は、死んでほしいと思う人がみんな死んだら墓地に空きがなくなっちゃうと言ったの。もちろん、大袈裟だけど、どんな人だって死んでほしいと思ってる相手がいるものだと知ってもらうほうがいいと思って」

「彼女はまた母親のことを口にしたことがありますか?」

「いえ、その一度だけよ」

「ふむ。接触を一つ思い出せたのなら、おそらくもう一つくらい思い出せるでしょう」

だが、誰もできなかった。ウルフは警察の真似にならない質問をほかにも考えついたが、空くじを引くばかりで、ついに諦めた。

彼は目を動かして娘たちを見まわすと、「あなた方と話がしたかった理由を正確にご説明すべきでしたね」と言った。「まず、あなた方はミス・アッシャーと親しい関係にあったので、彼女は自殺ではないというグッドウィン氏の意見をあなた方がどう考えるかを知りたかったのです。あなた方は概ねその意見を支持しておられた。ミス・ヴァーは正当な根拠でその意見を支持し、ミス・ヤーミスは茫漠とした根拠で異議を述べ、ミス・タトルははっきりしておられない」

これはずるいし、フェアじゃない。ヘレン・ヤーミスが「茫漠」の意味を知らないとわかっていたはずだ。だから、その言葉を使ったのだ。

彼は続けた。「第二に、私はグッドウィン氏が正しいと仮定し、ミス・アッシャーはシャンパンに毒を入れておらず、したがって、ほかの誰かが入れたと仮定しているので、あなた方から直接話を聞きたかったのです。あなた方は、現場にいた十一人の容疑者の中の三人です。グッドウィン氏は除きます。あなた方の一人が、その機会を利用して、よくご存じの毒の粒を使ったのかも――」

「でも、不可能よ！」ローズ・タトルが口をはさんだ。「エセルはアーチー・グッドウィンと一緒だった。ヘレンはあの出版社主の、ええっと、レイドローと一緒だったし、私はあの耳の大きな男――ケントと一緒だったわ。だから、不可能なの！」

ウルフは頷いた。「確かに、ミス・タトル。明らかにどなたにも不可能だったので、別の角度から追及しなくてはなりません。あなた方十一人全員が容疑者なのです。あなた方を追い詰めて、ミス・アッシャーとの関係でなにか守っておられる秘密を白状させようとは思いません。果てしなく骨の折れる作業ですし、一晩かけても序の口でしょう。それに、おそらく無駄ですね。あなた方の中の一人がそうした秘密を持っているのなら、別の方法で暴かなくてはなりません。とはいえ、私はあなた方から直接話を聞きたかったのです」

「私はそんなに話してないわ」とエセル・ヴァーが言った。

「ええ」とウルフは頷いた。「だが、あなたはグッドウィン氏の主張を支持されました。それだけでも示唆十分です。三つ目は――これが主なポイントですが――私はあなた方の支援を望んでいました。ミス・アッシャーが殺されたのなら、犯人を暴いてほしいと皆さんもお望みでしょう。それと、現場にいたほかの八人にさほど強い関心もないでしょうし、その一人が犯人だとしても、かばおうとは思われないでしょう」

「当たり前よ」とエセル・ヴァーはきっぱりと言った。「さっきも言ったけど、フェイスは絶対にシャンパンになにも入れてないわ。それなら、誰が入れたの？　ずっと考えてた。私じゃないのはわかってるし、グッドウィンさんでもなければ、ヘレンやローズでもないわ。あと何人？」

「八人です。レイドロー、シュスター、ケントの男性ゲスト三人。執事。グランサム氏、ミス・グランサム。ロビロッティ夫妻です」

「ふん、誰もかばおうと思わないわ」

「私もよ」とローズ・タトルは言った。「あの人たちの中の一人ならね」

「彼らが犯人じゃないなら、かばう意味がないわ」とヘレン・ヤーミスが言った。「なにからかばうのよ」

「わからないの、ヘレン」とローズは言った。「この方は犯人が誰かを突き止めたいのよ。たとえば、犯人がセシル・グランサムだとして、彼がフェイスのバッグから瓶を取り出して戻すとか、そんなとこをあなたが見たとしたら？　彼をかばうの？　そこが彼の知りたいことよ」

「まさにそこよ」とヘレンは反論した。「フェイスが自殺だったのなら、なぜ私が彼をかばうの？」

「でも、フェイスは自殺じゃない。エセルとグッドウィンさんが二人とも彼女を見てたのよ」

「じゃあ、なぜ」とヘレンは問い詰めた。「私がやめろって言ったのに、あの子はパーティーに瓶を持ってったの？」

　ローズはポニーテールを揺らしながらかぶりを振り、「説明なさったほうがいいわ」とウルフに言った。

「それは私の能力を超えることです」と彼は言った。「パーティーでの疑わしい言動、たとえば、グランサム氏がバッグから瓶を取り出す行為は、私が求めているものではないと言えば、少しは誤解が解けるかもしれません。お訊きしたかったのは、八人の中の誰かがミス・アッシャーの死を望むような動機になにか心当たりは、ということです。彼らの一人とミス・アッシャー本人——あるいは彼女と関係のある誰かとの接点をご存じですか?」

「知らないわ」とローズはきっぱりと言った。

「私も」とエセルも言った。

「いくらでもいるわ」とヘレンは不満げに言った。「八人の名前をもう一度言ってくださる?」

ウルフはぐっとこらえながら八人の名前を挙げた。

ヘレンはまた顔をしかめ、「私の知ってる唯一の接点は」と言った。「ロビロッティ夫人よ。夫人がグランサム・ハウスの私たちに会いに来たときのこと。フェイスは彼女を嫌がってた」

ローズは鼻を鳴らした。「そうじゃなかった人がいるの?」

ウルフは訊いた。「なにか目につくことでもあったのですか、ミス・ヤーミス? ミス・アッシャーとロビロッティ夫人のあいだで?」

「なかったわね」とヘレンは発言が後退した。「フェイスにみんなと違うほど目につくことはなかったわ」

「ミス・アッシャーとロビロッティ夫人が交わした言葉が特に引っかかったとか?」

「いえ。フェイスは夫人になにも言わなかったわ。私もよ。夫人は私たちを売女《ばいた》と思ってたの」

「夫人がそんな言葉を使ったのですか? あなた方を売女と呼んだと?」

「まさか。夫人は愛想よくしようと努めてたけど、やり方がわからなかったのね。夫人が来たある日、娘の一人が、あの人、私たちを売女だと思ってるのよと言ったの」

「さて」ウルフは息を吸い、腹部まで吸い込むと再び吐き出した。「皆さん、あらためて、お越しいただいたことを感謝申し上げます」彼は椅子をうしろに引き、立ち上がった。「さほど進展はなかったようですが、少なくとも、あなた方と会って話ができたし、なにかあれば、どこに連絡すればいいかもわかりました」

「一つだけ解せないわ」ローズ・タトルは椅子から離れながら言った。「グッドウィンさんは探偵の立場で来たわけじゃないと言ってたけど、彼は探偵だし、私はフェイスが毒を持ってることも彼に話したわ。探偵ならなにが起きたのか正確にわからなきゃ。探偵がそばにいるのに人を殺せる者がいるとも思えなかったわ」

とても皮相的で中途半端な見方だ、と娘たちを見送ろうと立ち上がりながらぼくは思った。

第九章

前途有望な若手企業弁護士、ポール・シュスターは、細い鼻と黒く鋭い目をして、金曜の午前十一時十五分に赤革の椅子に座り、その目でウルフをじっと見つめていた。「我々は、あなたが訴追可能な行為をしたという証拠を握っているわけではありません」と言った。「我々が脅しをかけているわけではないことは明確にご理解いただきたい。しかし、我々が被害を受けているのは事実であり、あなたがその被害の責任者である場合は、法的問題になる可能性があります」

ウルフは首を動かし、黄色い椅子に並ぶほかの連中――セシル・グランサム、ビヴァリー・ケント、エドウィン・レイドロー――を見まわすと、「どなたにも被害を与えた覚えはありませんが」とそっけなく言った。

もちろん、これは真実じゃない。彼の言う意味は、被害を与えるのはまだこれからだということだ。レイドローが二万ドルの小切手を切ってウルフの机の上に置いてから四十八時間経っていたが、ぼくらはその一セント分の成果も上げておらず、上げる見込みもなかった。ディンキー・バインの隠し事は、隠すことがあるとすればだが、まだ漏らしていない。三人の未婚の母は、楔を打ち込めそうなひびを作ってくれなかった。オリー・キャザーは、彼女たちを面談のために事務所に連れてきたあと、別の仕事に取り掛かり、木曜の夕食後、ソール・パンザー、フレッド・ダーキンとともに報告に来たが、結局、空くじばかりだった。誰かがフェイス・アッシャーと接点があったとしても、いまだ深く埋もれたままで、三人は掘り続けるように指示を受けた。

金曜の午前十時過ぎ、ポール・シュスターが電話をかけてきて、自分、グランサム、レイドロー、ケントがなるだけ早くウルフに会いたいと言ったが、ぼくは現状のルールを二つ破った。ウルフに確認せずにアポを入れないこと、緊急時以外は植物室にいる彼を邪魔しないことだ。ぼくはシュスターに十一時に来るよう伝え、植物室の内線電話にかけて、客が来ることをウルフに伝えた。怒鳴られたので、辞書で「緊急時」を調べたところ、予期せぬ状況が重なり、即行動を起こす必要がある時という意味であり、辞書とぼくのどっちかに文句を言いたいなら、植物室に上がって議論してもいいと伝えると、彼は電話を切った。

そして今、シュスターに、誰にも被害を与えた覚えはないと告げているわけだ。

「ああ、いい加減にしてくれ」とセシル・グランサムが言った。

「事実は事実だ」とビヴァリー・ケントがつぶやいた。確かに外交官にふさわしい外交的なもの言いだ。もう少し偉くなれば、もっと上達して、「事実は事実で事実だ」と言うかも。

「グッドウィンのせいで我々が殺人事件の捜査に戸惑わされ、悩まされていることを否定するのですか?」とシュスターは問い詰めた。「彼はあなたの部下で、雇っているのはあなただ。『監督責任《レスポンデアト・スペリオル》』という法原則はあなたもご存じでしょう。これは被害ではありませんか?」

「それだけじゃない」とセシルは難じた。「彼はグランサム・ハウスに出向いて探りを入れた。それと、昨日、母の執事から情報を聞き出そうとしたやつがいたが、そいつは資格証明書を見せなかった。あなたが送り込んだのか。それと、資格証明書を見せない別の男が友人たちにぼくのことを嗅ぎ回っているが、その男もあなたが送り込んだのか」

「ぼくが一番困っているのは、警察の捜査範囲だ」とビヴァリー・ケントは言った。「国連代表部でのぼくの仕事は非常に機密性が高いし、ぼくはもうはっきり被害を受けている。あの娘の自殺というセンセーショナルな事件が起きたときにたまたま居合わせたのは不運だった。長々と続く警察の捜査、それも殺人事件の捜査に巻き込まれるのは、ぼくにとって致命的な結果になりかねない。しかも、ぼくの友人や知人に自分の手下を送り込んで、ぼくのことを嗅ぎ回らせているのなら、被害の上に侮辱でもある。ぼくはまだそんなことを聞いてないが、君は聞いてるんだろ、セシー？」

　セシルは頷いた。「もちろんさ」

「ぼくもだ」とシュスターは言った。

「君もだろ、エド？」

　レイドローは咳払いをした。「直接は聞いてない。はっきりとはね。だが、疑うべき理由はある」

うまく受け流したな、とぼくは思った。彼は当然、ほかの二人と一緒に来なければならなかった。この突撃に加わらなければ、なぜだと勘ぐられるから。だが、自分が今も依頼人であることをウルフに理解してもらいたかったのだ。

「ぼくの質問に答えておられませんね」とシュスターはウルフに言った。「この迷惑行為はグッドウィンのせいであり、彼があなたの部下である以上、あなたのせいだということを否定するのですか？」

「いえ」とウルフは言った。「だが、グッドウィン氏を通じて私のせいだとしても、それは二次的なことです。そもそもはフェイス・アッシャーを殺害した男か女のせいですね。だから、あなた方の一人が自分のせいでそんな目に遭っている可能性も十分にありますよ」

「それはそうだ」とセシルは言った。「そう言っただろ、ポール」

シュスターは彼を無視し、「さっきも申し上げましたが」とウルフに言った。「これは法的問題になる可能性があります」

「ぜひそうしたいですな、シュスターさん。殺人事件の裁判は通常、法的問題と見なされています」ウルフは身を乗り出し、両手を広げて机を叩き、語気を強めて言った。「皆さん、要点に入りましょう。要点があるならばですが。なんのためにここに来られたのですか？　単に私に文句を言うためではないでしょう。私を買収するためですか？　脅迫するため？　私の主張に異を唱えるため？　なにを狙っておられるのですか？」

「くそっ、なにを狙ってるかだと？」とセシルは問い詰めた。「それが要点だ！　あ、あ、あんたこそなにを企んでる？　なぜあの連中を――」

「黙れ、セシー」ビヴァリー・ケントは非外交的な口調で命じた。「ポールに話させろ」

弁護士は言われたとおりにした。「我々が共謀してあなたを買収しようとしているというほのめかしは、まったく根拠がありません」とシュスターは言った。「あなたを脅迫するというのもそうです。我々が来たのは、みずからなにかしたわけでもなく、正当な理由もないのに、我々のプライバシーの権利が侵害されており、それはあなたに責任があると考えたからです。その責任について弁明できるとは思えませんが、この件でどのような法的措置を取るべきか検討する前に、あなたに弁明の機会を与えるべきだと思いましてね」

「ふん」とウルフは言った。

「軽蔑的な表現は、適切な弁明にはなりませんよ、ウルフさん」

「弁明などするつもりはありません」ウルフは椅子の背にもたれ、でかい腹の上で手を組んだ。「これは無益ですな、皆さん、あなた方にとっても私にとっても。我々がともに満足することはあり得ない。あなた方は殺人事件の調査に巻き込まれたくないし、私の関心は、あなた方を極力深く巻き込ませることです――罪のない人々も――」

「なぜですか?」とシュスターは問いただした。「なぜあなたが関心を?」

「グッドウィン氏の職業上の評判と能力が疑われ、ひいては私自身の評判と能力も疑われているからです。あなたは『監督責任《レスポンデアト・スペリオル》』を問うた。私は答えるだけでなく行動する。罪のない人々も犯人とともに巻き添えを食うのは残念なことですが、やむを得ません。したがって、あなた方も私も求めるものは得られない。私が求めるのは事実への道筋です。フェイス・アッシャーを抹殺しようとした動機となる事実をあなた方の一人が自分の過去に秘めているのか、もしそうなら、その事実とはなにかを知りたいのです。むろん、あなた方はここで私の一日がかりの尋問に応じるつもりはないだろうし、たとえ応じたとしても、あなた方の一人がそんな事実の存在を白状する可能性もごくわずかです。したがって、申し上げたとおり、これはあなた方にとっても私にとっても無益です。あくまで儀礼として申し上げますが、ごきげんよう」

だが、そう簡単にはいかなかった。彼らは決闘するために来たのであり、「ごきげんよう」という儀礼的挨拶で追い返される気はなかった――少なくとも三人は。さんざん騒いだあげくにようやく帰った。シュスターは、脅しをかけるために来たのではないと言ったことをすっかり忘れていた。ケントは、外交とはとても呼べないもの言いをした。セシル・グランサムは激怒し、一度はウルフの机を拳で叩くことまでした。ぼくは立ち上がって、彼らの一人が自制心を失い、椅子を持ち上げて投げつけた場合に備えていたが、目は主に依頼人に向けていた。彼は不運だった。見かけだけほかの連中に加わっていたが、本気ではなかったし、たまにぶつぶつ言うくらいしかできなかった。彼は、セシルがドアに向かい、ケントがあとに続いてから、ようやく席を立った。すると、最後の一人になるのもまずいので、慌てて出ていった。ぼくは廊下に出て、誰かが興奮のあまりぼくの新しい帽子を盗まなかったか確認し、彼らが出ていくと、ドアの施錠を確認してから事務所に戻った。

ウルフが目を閉じて椅子の背にもたれているのではと思ったが、違った。背筋を伸ばして座り、虚空を睨んでいた。すると、ぼくのほうを睨みつけてきた。

「これは奇怪だな」と彼は唸るように言った。

「おっしゃるとおりです」ぼくは心から頷いた。「容疑者のうち四人が、じっくりと腹を割って話し合おうなどと、招かれもしないのにやってきて、なにを得るというのか？　追い返されただけです。問題は、一人がぼくらの依頼人だったことで、彼はぼくらが仕事を怠けてると思ってるかもしれませんね」

「ふん。ソールたちから電話があれば、三時に来るように伝えてくれ。いや、二時半だ。いや、二時にしよう。昼食は早めにすませる。フリッツには伝えておく」彼は立ち上がり、歩き出した。

ぼくは元気が溢れてきた。ソールたちを呼んで新たな指示を出すとは前途有望だ。昼食が腹に落ち着く三時から、消化がやっとはじまる二時半に変更するとは感心だ。さらに二時に早め、昼食を早めにすませるとは感動的だ。フリッツに内線で知らせる代わりに直接伝えに行くと——大騒ぎになった。

第十章

「君たちは、私は機転の利かない男だと告白するのを何回聞いたことがあるかな？」とウルフは尋ねた。

フレッド・ダーキンはニヤリとした。ジョークはあくまでジョークだ。オリー・キャザーは微笑んだ。微笑むとさらにハンサムになるが、思い切ったことを言うわけでもない。ソール・パンザーは、「本気でおっしゃったのは三回、そうでないときは二回です」と言った。

「君に失望させられることはないな、ソール」ウルフは精一杯打ち解けようと努めていた。彼は食堂から廊下を通って入ってきたばかりだった。フレッドとオリーにはそこまで言わないだろうが、ソールは彼から高い評価を得ている。「では」とウルフは言った。「私が本気で言ったのはこれで四回目だ。今回は私の失敗が目に余るもので、自分で代償を払うことになった。昼食後の一時間の唯一教養ある過ごし方は読書だが、私はチーズケーキの最後のひと切れを飲み込んだばかりで、ここで仕事をしている。許してもらいたい。私は当然の罰を受けているのだ」

「非は我々にもあるでしょう」とソールは言った。「受けた指示に十分な結果を出せませんでした」

「いや」ウルフは力を込めて言った。「君たちの慈悲にすがるわけにはいかない。私は馬鹿者だ。君たちに非があるとすれば、水曜日の夜に君たちに状況を説明して任務を与えたとき、警察が既に調べたところを辿っても得るものはないという私の格言を誰も思い出させてくれなかったことだけだ。私の指示で君たちがやったことはまさにそれだが、愚行だった。警察は人員が大勢いるのに、君たちは三人だけだ。君たちはただ、彼らが既にひっくり返した石の下を覗いただけだった。私は馬鹿者だ」

「ほかに試すべき石もなさそうですが」とオリーが言った。

「むろんある。常にだ」ウルフはゆっくりと息を吸った。本を読んでリラックスしていないと、食後はいつも酸素が必要なのだ。「むろん、知恵を絞っても一つの手法しかなかったという言い訳はできる。アーチーも異議を唱えなかったが、クレイマー氏の説明によると、シャンパンのグラスに毒を入れ、そのグラスがミス・アッシャーの手に確実に届くようにすることは誰にも不可能だった。その問題に取り組むには、現場にいた全員をきめ細かく調べるほかなかったのだが、その大半は私が調べることはできなかった。事件解決のためには、どのみち動機を突き止めるほかない。動機を見出すことが私にとって唯一実行可能な手法だった。その結果、私のやったことはご存じのとおりだ。私は警察が既に調査済みか、調査中の領域に君たちを派遣して、あちこち探らせたわけだ。いやはや」

「私が会った四人は警察がまだ接触していない人たちでした」とフレッドは異を唱えた。

「それで、わかったことは？」

「そのう——なにも」

ウルフは頷いた。「ということだ。水曜日の夜に話したように、狙いは、彼らの中の一人がミス・アッシャーとなにか重要な関係があったことを示す証拠だった。まっとうな調査方針だったが、警察が追っていたのもまさにそれだった。申し訳なく思う。今度は別の方針でやる。それならば、君たちも、少なくとも新たな領域に踏み込める。私はフェイス・アッシャーの母親に会いたい。彼女を見つけて連れてきてもらいたい」

フレッドとオリーは手帳を取り出した。ソールも手帳を持っているが、めったに使わない。頭の中の手帳で十分なのだ。

「メモは必要ない」とウルフは言った。「ミス・アッシャーの母親が生きていて、どこかにいるという単純な事実以外に留意することはない。成果はないかもしれないが、必死の戦術というわけでもない。ミス・アッシャーがどのような状況で死んだにせよ、彼女の感情面が事件と関係があるはずだが、私は彼女の感情に重要な影響を与えた事象を二つしか知らない。一つは、彼女に子どもを産ませた男との関わりだ。その男と話せば成果があるかもしれないが、彼を見つけるとしても、それは警察の仕事だろう。むろん、警察はその男を探している。もう一つは、彼女と母親との関係だ。グランサム・ハウスのアーウィン夫人はアーチーにこう話した。ミス・アッシャーの話からすると、彼女の母親はまだ生きていて、彼女が母親を憎んでいたのではないかと。そして、ミス・アッシャーの人生の最後の七か月、彼女と同居していたミス・ヘレン・ヤーミスは、昨日、私にこう語った。ある日、ミス・アッシャーは頭痛を抱えて仕事から戻り、街中で母親と出くわして騒ぎになったので母親から逃げなくてはならなかったと言ったと。さらに、母親が死んでくれたらいいと言っていたと。これはミス・ヤーミスが語った言葉そのままだ」

フレッドは手帳に書き込みながら顔を上げた。「アーウィンの最初はEですか、Iですか?」

ウルフは常にフレッドに辛抱強く接しているが、限度がある。「どちらでもいい」と言った。「スペルなど必要なのか? 彼女が話したことで重要なこと、私が知っていることはすべて話した。付け加えておくと、アーウィン夫人もミス・ヤーミスも、ミス・アッシャーの母親のことを警察に話したとは思えないから、彼女を探しても警察とぶつかることはないだろう」

「母親の姓はアッシャーですか？」とオリーが訊いた。もちろん、ソールなら訊かなかっただろうし、フレッドもだ。

「注意して聞くことを学びたまえ、オリー」とウルフは言った。「私が知っていることはそれだけだと言ったぞ。アーウィン夫人やミス・ヤーミスにはそれ以上のことは期待できない。彼女たちもそれ以上のことは知らないからだ」彼はソールに目を向けた。「君が調査を指揮し、必要に応じてフレッドとオリーを使ってくれ」

「引き続き正体を隠してですか？」とソールが訊いた。

「できればな。だが、狙いを外す代償を払ってまで隠し通す必要はない」

「昨日、グランサム・ハウスから戻って、マンハッタンの電話帳を見てみました」とぼくは言った。「アッシャーが十数人載ってます。もちろん、母親がアッシャーという姓とは限らないし、マンハッタンに住んでいるとも、電話を持っているとも限りません。フレッドとオリーがその十数人を調べるのにさほど時間はかからないでしょう。《ガゼット》のロン・コーエンに電話してもいい。彼は母親に独占記事と写真を頼んでいるかも」

「なるほど」とソールは頷いた。「正体を隠す必要がないのなら、まずは遺体安置所ですね。娘が母親を嫌っていたとしても、母親は遺体を引き取ったかもしれません。ただ、職員は私のことを知っているし、フレッドとオリーのことも、もちろんアーチーのことも知っています」

ウルフは当然ながら、そのリスクを冒すのは、ほかの試みが失敗したあとのことで、ロン・コーエンに電話するのが先だと判断した。ぼくが電話をかけると彼が出た。少しややこしいことになった。

彼は既に二度電話をかけてきて、目撃者証言記事の依頼をしてきた。その矢先に、フェイス・アッシャーの母親のことを探り出したか尋ねようと電話したばかりに、彼のプロ本能を呼び起こしてしまったのだ。ウルフはこの事件に取り組んでいるのか？　それなら、誰の依頼で？　記事のことでもっといい条件のオファーをしたやつがいるのか？　母親のことを調べたいから訊いてきたのか？　誰がいくらのオファーをした？　という具合だ。ぼくがさんざん宥め、《ガゼット》以外のどこにもぼくの署名記事を載せるつもりはないと保証し、記事にふさわしい情報をつかんだら君にしか教えないと約束すると、やっとぼくの単純な質問に答えてくれた。

電話を切り、振り返って報告した。「遺体安置所は省いていい。水曜の午後、女性が遺体を引き取りに来ました。名前はマージョリー・ベッツ。B―E―T―Z。住所はマンハッタン、西八十七丁目八一二番地。彼女はフェイス・アッシャーの母親、エレイン・アッシャーの署名入りの委任状を持っていました。住所も同じです。彼女の指示で、遺体は今朝、三十九丁目のメトロポリタン火葬場に移送されました。《ガゼット》の記者がマージョリー・ベッツに会いましたが、彼女は口をつぐみ、今もだんまりです。彼女によると、エレイン・アッシャーは水曜の夜にどこかに行ってしまい、今は所在不明だとか。《ガゼット》は母親を探し当てることができず、ほかに探し当てた者もいないとロンは考えています。以上」

「お見事」とソールが言った。「理由もなく姿をくらます者はいない」

「母親を見つけたまえ」とウルフは指示した。「連れてきてもらいたい。どんな誘い水を使おうと――」

電話が鳴り、ぼくは振り返って電話を取った。

「ネロ・ウルフの事務所です、アーチ――」

「グッドウィンか？」

「はい」

「レイドローだ。ウルフに会いたい。至急だ」

「ここにいるよ。来てくれ」

「駄目なんだ。地方検事局を出てタクシーに乗ったが、尾行されている。地方検事局でのいきさつを話しにウルフに会いに行く途中だったが、行けない。ウルフのところに行こうとしてると知られてはまずいからな。どうすればいい？」

「方法はいくらでもある。尾行をまくのは簡単だが、むろん、君には経験がない。今どこに？」

「七番街の十六丁目に近いドラッグストアの電話ボックスだ」

「タクシーは行かせたか？」

「ああ。そのほうがいいと思って」

「そのとおりだ。タクシーに乗ってる尾行者は何人だ？」

「二人だ」

「ならば、彼らは本気だ。よし、ぼくらも本気でやろう。まず、コーラかなにかを飲んで、車に乗るまでの時間を稼いでくれ――六、七分くらいだな。それからタクシーを拾って、東二十八丁目二一四番地まで行ってくれ。そこの一階にパールマン製紙会社がある」ぼくはパールマンのスペルを伝えた。

「いいかい？」

「ああ」

「中に入ってエイブを呼び出し、『アーチーがまたキャンディーをほしがってる』と言ってくれ。復唱してもらえるか?」

「アーチーがまたキャンディーをほしがってる」

「そうだ。彼が君を建物の二十七丁目側に連れていく。君が出てきたら、ぼくは路肩駐車か二重駐車で、グレーのヘロンのセダンに乗って目の前にいる。エイブにはなにも渡さないでくれ。受け取らないから。これは個人同士のサーヴィスの一部なんだ」

「エイブがいなかったら?」

「いるはずだ。いなかったら、ほかの者にはキャンディーのことを言わず、電話ボックスを見つけてウルフ氏に電話してくれ」

ぼくは電話を切り、メモ帳に「レイドロー」と走り書きし、メモを破り取って、立ち上がってウルフに渡した。「至急会いたいと言ってます」とぼくは言った。「交通手段が必要です。三十分以内に一緒に戻ってきますよ」

彼は頷き、メモをくしゃくしゃに丸めて屑籠に捨てた。ぼくは三人組の母親探しの成功を祈ってその場を去った。

十番街の角の車庫で、ハンクが車を出してくる三分のあいだに、事務所の電話まで行き、パールマン製紙会社に電話してエイブを呼び出した。彼は、ぼくがいつまたキャンディーをほしがるかと思っていたので、喜んで依頼に応じてくれた。

細かい手配は順調に、滞りなく進んだ。三十四丁目を通り抜けながら、パーク・アヴェニューかレキシントン・アヴェニューを通って二十八丁目まで行き、二一四番地を抜けて、タクシーに乗る二人組を確かめたい誘惑に駆られたが、彼らもぼくに気づくかもしれないので諦め、二番街までそのまま行って、彼らのことは放っておき、ダウンタウンに入って二十七丁目を西に進んだ。パールマン製紙会社は二十七丁目側の裏口で荷物の積み下ろしをしているが、ぼくが来たときは、トラックは見当らず、二時四十九分に道路脇に車を停めた。レイドローから電話があってからちょうど十九分後だった。二時五十二分、彼が歩道を小走りに横切ってきた。ぼくがドアを開けると、彼は車に乗り込んだ。

動揺していた。「落ち着けよ」ぼくはアクセルを踏みながら言った。「尾行などたいしたことじゃない。最低三十分は、彼らは君のことを尋ねようとはしないし、エイブは、商品を見せるために君を奥に連れていったが、君はそのまま出ていったと言うさ」

「尾行はどうでもいい。ウルフに会いたいんだ」その口調から、ウルフを突き倒して踏みにじってやるつもりなのがわかったので、そっとしておいた。街を横切りながら、褐色砂岩《ブラウンストーン》の家が監視されているかもしれないので、三十四丁目の建物の狭間の通路を抜けて裏口から入るほうがいいだろうかと考えたが、その必要はないと判断して、八番街から三十五丁目に向かった。褐色砂岩《ブラウンストーン》の家の前には十分なスペースがないので、いつものように車庫に行って車を置き、彼と一緒に歩いて戻った。彼のすぐうしろに続いて事務所に入った。彼は助っ人もなしにウルフの巨体を突き倒して踏みにじれるような体格ではなかったが、どのみち、現状では、フェイス・アッシャーと関わりがあり、殺人の動機がありそうな人物は彼だけだ。一度殺人を犯した人間はなにをするかわからない。

彼は指一本動かさなかった。それどころか、舌すら動かさなかった。ウルフの机の端の前に佇み、彼を見下ろしていたが、五秒もすると、ぼくは彼が腹を立てているか、怖がっているか、あるいはその両方で口もきけないことに気づき、彼の肘をつかんで赤革の椅子に座らせた。

「それで?」とウルフは訊いた。

依頼人は髪をかき上げたが、そんなことをしてもエネルギーの無駄だともう気づいたようだ。「ぼくの勘違いかもしれない」としゃがれた声で言った。「そうであってほしい。ぼくがフェイス・アッシャーの子どもの父親だという手紙を地方検事に送ったのか?」

「いえ」ウルフは唇を引き結んだ。「送っておりませんが」

レイドローはぼくのほうをぐいと向いた。「君か?」

「いや。まさか」

「誰かに話したのか? 君らのどちらかが?」

「あなたは明らかに悩んでおられるし、大目に見る必要がありますが」とウルフは言った。「グッドウィン氏も私も秘密保持の誓約を破るようなことはしていません。そのときには、まずあなたに知らせますよ。休んで少し落ち着かれたほうがよろしい」

「落ち着けだと、ふん」依頼人は椅子の肘掛けを手でこすりながらウルフを見つめた。「では、あなたじゃない。それならいい。今朝、ここを出て事務所に行くと、地方検事局から連絡があったと秘書が言うので電話したら、すぐに会いたいと言われて、行ったのさ。地方検事のボーエンのところに連れていかれ、フェイス・アッシャーには火曜の夕方まで会ったことがないという供述を変更する気があるかと問われ、ぼくはノーと答えた。すると、検事は郵便で届いたという手紙を見せてくれた。タイプ打ちの手紙で、署名はなかった。手紙には、『エドウィン・レイドローがフェイス・アッシャーの赤ん坊の父親であることにまだ気づかないのか? 一九五六年八月のカナダ旅行のことを彼に訊くといい』と書いてあった。ボーエンはその手紙を手にしたままぼくには渡さなかった。ぼくは黙ってそれを見つめていた」

ウルフは唸った。「たとえハッタリでも注目に値しますな。お認めになったのですか?」

「まさか! 認めるわけがない! 黙って見つめながら、どうしていいかわからなかった。潜在意識ではどうすべきか決めていた。黙って手紙を見つめながら、呆然としてどうしていいかわからなかったから、どんな質問にも一切答えないのが唯一の手だと腹をくくっていたし、実際そうした。ぼくが言ったことは一つだけだ。その手紙を送った者が誰だろうと、ぼくを中傷したのだし、ぼくにはそいつが誰なのか知る権利がある、だから、手紙をもらいたい、と。だが、むろん、渡そうとしなかった。写しすらくれなかった。ぼくを二時間も足止めし、外に出ると尾行された」

「なにも認めなかったのですね?」

「ああ」

「一九五六年八月にカナダに旅行したことも?」

「ああ。なにも認めなかった。質問には一切答えなかったんだ」

「申し分ない」とウルフは言った。「実に申し分ない。けっこうなことです、レイドローさん。我々は――」

「けっこうなことだと!」と依頼人はわめいた。「けっこうなことなのか?」

「そのとおりです。ようやく何者かを行動に駆り立てることができた。満足ですな。ミス・アッシャーの死が殺人であることにわずかな疑いがあったとしても、これで消えた。彼らは全員、パーティーの前にはミス・アッシャーのことは知らなかったと主張していました。その中の一人が嘘をついていて、行動を起こさざるを得なくなったのです。もちろん、あなた自身が犯人という可能性も残ってはいますが、こうなると、それはきわめてありそうにない。犯人が方向を逸らす必要に迫られたと考えたいところです。実に満足ですな。今や犯人は追い詰められている」

「だが、なんてことだ！　警察は――ぼくのことを知ってしまった！」

「相変わらずなにも知ってはいませんよ。彼らは毎日のように、署名のない告発状を多数受け取り、その大半に根拠がないと割り切っています。質問への回答を拒んだことも、あなたのような立場なら、弁護士の助言を受けるまでそうした態度を取るのは自然なことです。これはよい状況だ。実によい状況ですな。むろん、彼らはその手紙の裏付けを得ようとしますが、手紙の送り主以外に裏付けを提供できる者はいないでしょう。そんなことをすれば、我々はその人物を特定することになる。我々は彼を挑発し、特定しますよ」彼は壁掛け時計をちらりと見た。「ただ、指をくわえて待っているわけにはいきません。私にはまだ三十分ある。水曜日の朝、あなたはミス・アッシャーとの恋愛のことは地球上の誰も知らないと言っていましたが、それは間違っていたわけです。我々は、あなたがミス・アッシャーと一緒に過ごし、人に見られたか聞かれた可能性のある瞬間を洗いざらい調べなければなりません。私が四時に出たあとは、グッドウィン氏が引き続き話をお聴きします。〈コルドーニ〉で接客対応をしてくれた彼女にあなたが最初に目を引かれた日からはじめましょう。知っている人がそこにいましたか？」

　ウルフがこの手のことをはじめ、相手に過去の経験を細部まで思い出させようとすると、女中が見落としたわずかな埃を見つけようと躍起になる女主人よりたちが悪い。ぼくは一度、夜の九時から夜明けまで八時間ぶっ通しで同席したが、彼は半年前のニューヘイヴンまでの往復路について一秒ごとに運転手を追及した。今回はそれほど小うるさくはなかったが、端折《はしょ》ることもなかった。四時になり、ウルフが上に上がって蘭と戯れる時間が来たとき、〈コルドーニ〉での出来事、二回の夕食（一回目はウェストチェスターの〈ウッドバイン〉、二回目はロングアイランドの〈ヘンケ〉での夕食）、六十九丁目の〈ゲイドー〉での昼食のことを聴き終えていた。

ぼくはウルフのやり方にそれなりに従って一時間以上続けたが、ワクワクと脈が早まるような発見はなかった。ぼくには、「カナダを含めて、彼女と一緒にいたとき、いつかどこかで、知っている人間を見たり聞いたりしたか？」という一つの質問で十分だと思えた。それから、彼の記憶に空白がないか確認するわけだ。見られていても、彼が気づかなかった可能性だって十分ある。レストランを別にしても、昼間にミッドタウンで彼女が彼の車に乗っていたことも三回あった。カナダに向けて出発する朝、レイドローは車をクラブの前に停め、彼女を車の中に残したまま、人にメッセージを残すために中に入ったという。

だが、ぼくは聴き取りを続け、カナダのケベック州での三日目のことを聴取していると、玄関の呼び鈴が鳴り、廊下に出て、マジックミラー越しに目にしたのは殺人課のクレイマー警視だった。

ぼくはさほど驚かなかった。連中に強い関心があれば、指示が出るとわかっていたからだ。レイドローの潜在意識が事前に判断したように、ぼくの潜在意識もすぐに判断した。コート掛けのところに行き、レイドローの帽子とコートを取り、事務所に戻って依頼人に告げた。「クレイマー警視が君を探しに来てる。こっちへ。さあ、早く――」

「だが、どうして――」

「どうでもいい」玄関の呼び鈴が鳴った。「おい、早く！」

彼はぼくのあとについて厨房に入った。大きなテーブルでダックに仕込みをしているフリッツに言った。「レイドロー氏は急ぎ裏口から出たいんだが、クレイマーが中に入りたがっていて時間がない。急ぎ案内してやってくれ。彼には会ってないということで頼む」

フリッツは裏口に向かった。裏口は、ぼくら私有の囲い庭に通じていて、庭のフェンスには、三十四丁目に通じる建物の狭間の通路の門がある。二人が出ていってドアが閉まり、ぼくが振り返ると、玄関の呼び鈴が鳴った。急がずに玄関に行き、ドアチェーンをして、チェーンが許容する二インチの隙間までドアを開け、丁重に話しかけた。

「ぼくにご用ですか？　ウルフ氏が六時まで対応できないことはご存じでしょうから」

「開けろ、グッドウィン」

「条件があります。ぼくが受けている指示はよくご存じでしょう。四時から六時までは、ぼくに会いに来た来客以外は入れないこと」

「わかってる。開けろ」

ぼくはその言葉を約束と見なしたし、彼もそう承知していた。それと、誰か——たとえば、ステビンズ巡査部長——が捜査令状を持ってこれから来ることも考えられる。それなら、令状なしでクレイマーを入れるのも仕方あるまい。そこでぼくは、「わかりました。ご用の向きがぼくならね」と言い、チェーンを外してドアを大きく開けた。警視は中に入り、廊下をのしのしと歩いて事務所に入っていった。

ドアを閉めて彼に合流しようとしたが、彼はもうそこにいなかった。応接室に通じるドアが開いていて、警視はそこからすぐ出てくると、「レイドローはどこだ？」と怒鳴った。

ぼくの心は傷ついた。「ご用の向きはぼくだと思ったんですが。違うのなら——」

「レイドローはどこだ？」

「さてね。レイドローという人はたくさんいますが、誰のことやら。もしあなたが――」

彼はぼくのそばをすり抜けて廊下に出るドアに向かった。

警察官への対応に関するルールには矛盾がある。彼らを力ずくで止めることができるかどうかは場合による。ドアチェーンの力でクレイマーが家に入るのを止めるのは問題ない。鍵のかかったドアがあり、ぼくがドアを開けるのを拒んでいたら、彼が二階に上がらないよう止めるのも問題なかっただろう。だが、ぼくがどれほど相手を傷つけまいと気を遣ったところで、最初の段に立ち塞がって階段を上がれないようにすることはできない。弁護士ならばやれるのかもしれないが、ぼくには無理だ。だが、それがルールだ。ぼくが中に入れてやる前に彼がぼくらのルールを知っていると言ったことは問題にならない。だから、彼が廊下を横切って階段に向かったとき、ぼくは息を吸って怒鳴ろうとはしなかった。ぼくが息を吸ったのは、彼のすぐあとに続いて三階分上がるためだ。彼がいざというときに品位も礼儀も知らないことは証明済みなので、最初の踊り場で左に曲がってウルフの部屋に侵入したり、二番目の踊り場で右に曲がってぼくの部屋に侵入しても不思議ではなかったが、彼は一番上まで上がり、前室に進んだ。

彼が蘭に興味がないのは、ウルフが蘭にご執心だからなのか、それとも単に色盲だからなのかはわからない。だが、彼が植物室にいるのを見たのはほんの数回だが、植木台に鉢がひしめいているのに目を留めた様子は一度もなかった。もちろん、この家にいるとき、彼は常にほかのことに気を取られているし、そうでなければここに来ないはずなので、そのせいなのかも。その日、低温室では、黄色、バラ色、斑点のある白のオドントグロッサムの長い穂が通路の両側を埋め尽くしていた。熱帯室では、ミルトニア交配種とコチョウランがガラスの上のほうに、ピンク、緑、茶色の花を鮮やかにちりばめていた。中温室では、いつものようにカトレアがあちこちで存在を誇示していた。クレイマーなら、枯れたトウモロコシの茎が並んでいても、かき分けて先に進んだかも。

中温室から鉢植室へのドアはいつものように閉まっていた。クレイマーがドアを開けると、続いて入ったぼくは足を止めてドアを閉めることはせず、彼の周りをぐるりと回って声を張り上げた。「彼はぼくに会いに来たと言っていました。中に入れると、ぼくのそばをすり抜けて事務所へ行ってから応接室に行き、『レイドローはどこだ?』とわめきはじめました。レイドローなる者はいないと言うと、またぼくをかわして階段に突進しました。彼はレイドローという人物を追い求めるあまり、モラルが崩壊しているようです」

シオドア・ホルストマンは、流しで植木鉢を洗っていたが、振り向いてこっちをちらりと見たものの、ぼくが言い終わらぬうちにまた前を向いて植木鉢を洗いはじめた。ウルフは植木台で苗を調べていたが、くるりと振り返って睨みつけた。まずぼくを睨んだが、ぼくが言い終わる頃には、クレイマーのほうを睨みつけていた。「あなたはボケたのか?」と冷ややかに尋ねた。

クレイマーは部屋の真ん中まで来て睨み返すと、「いつかはな」と言い、立ち止まった。

「いつかとは? いつか分別を取り戻すとでも?」

クレイマーは二歩進み出て、「また出しゃばるつもりか」と言った。「グッドウィンは自殺を殺人に仕立て上げ、今度はあんただ。昨日はあの娘たちをこの家に呼んだ。今朝はあの男たちを呼んだ。今日の午後、レイドローはダウンタウンに呼び出され、見せられた証拠の説明を拒み、そこを出ると、あんたのところに向かった。だから、あの男がこの家に来ているのはわかってる。だから、私はここに――」

「あなたが警視でなかったら」とぼくは口をはさんだ。「そりゃ嘘っぱちだと言ってやるところですが、警視なので、ご冗談を、としておきますね。彼がこの家に来ているとわかるはずもないのに」

「あの男はタクシーに飛び乗って運転手にここの住所を伝え、尾行されているのに気づくと、電話ボックスに入って電話をかけた。別のタクシーを拾ってブロックの一画を占める建物に行き、中に入って反対側の通りから出ていったのはわかってる。私ならどこへ行ったと思うかな？」

「訂正します。この家に来ていると思ってるわけですね」

「いいだろう、そう思ってる」彼はウルフに向かってもう一歩踏み出した。「この三時間以内にエドウィン・レイドローに会ったのか？」

「これは実に信じ難いことですな」とウルフはきっぱりと言った。「私が自分のスケジュールをいかに厳格に守っているかはご存じでしょう。この二時間のくつろぎを邪魔しようとする試みに私は憤りを覚える。だが、あなたは二枚舌で私の家に入り込み、ここまで突進してきて、答えを要求する権利もない質問をしている。だから、あなたは答えなど得られない。それどころか、こんな状況では、私が答えそうな質問などできないでしょうな」彼は背を向け、だだっ広いお尻を見せて苗木を手に取った。

「おそらく」とぼくは同情を込めてクレイマーに言った。「一番いい方法は、たとえば、レイドローが吸ってる煙草の灰とかの証拠を探すために、捜査令状を取って部下たちを呼ぶことでしょうね。痛いところを突いたかな。令状と部下たちを伴ってクララ・フォックスという女性を探しに来られた日のことは忘れておられないはずだ（『ラバー・バンド』での挿話）。ここも含めて家中を捜索しても彼女を見つけられなかった。あとで知ったところでは、彼女はこの部屋の荷箱の中にいて、ウルフが水を撒いていたオスマンダ（ゼンマイ属の根茎で、保水性がいいため蘭の植え込み材に使われる）の下に隠れていた。だから、ぼくが知らせる前に駆け上がれば、レイドローをここで見つけられると思ったのに、彼はおらず、行き詰まってしまった。なぜレイドローがこの家に駆け込み、ダウンタウンでは話そうとしなかったことをウルフに話したのか、そのわけを問い詰めようとしても、そううまくはいかない。家の中にいるときはコートを脱がなくちゃ。さもないと、帰りに風邪をひきますよ。ぼくがこうして気さくにお話ししているあいだに気を取り直していただければと。もちろん、レイドローは今朝、ほかの連中と一緒にこの家に来ましたが、それはご存じのようですね。誰が話したのかは知りませんが――」

彼は踵を返して立ち去り、ぼくもあとに続いた。

第十一章

六時五分にソール・パンザーが電話をかけてきた。いつものことだ。彼らは任務で外にいると、正午と六時過ぎに電話をかけてきて、進捗具合を報告し、新たな指示があるかを訊いてくる。ソールはブロードウェイの八十六丁目近くのバー・アンド・グリルの電話ボックスから電話しているという。ウルフは、ちょうど植物室から降りてきたところで、畏れ多くもみずから机の電話に手を伸ばし、彼の話を聞いてくれた。

「今のところ、偵察しているだけです」とソールは報告した。「マージョリー・ベッツは、エレイン・アッシャー夫人と八十七丁目の住所に住んでいます。借主はアッシャー夫人です。通常の手順でミス・ベッツに会いましたが、成果はありません。アッシャー夫人は水曜の夜に出かけたまま、今どこにいるのか、いつ戻るかもわからないそうです。エレベーター係二人、管理人、近隣の五人、地元の店の人間十四人、それとアッシャー夫人がよく使うタクシー運転手に会いました。オリーは今、五時半に出ていった女中を追っています。アッシャー夫人の特徴を申し上げますか？」

ウルフはノーと言い、ぼくは同時にイエスと答えた。ウルフは、「よし、彼の求めに応じたまえ」と言った。

「四十歳くらい。三十三歳から四十五歳のあいだ。身長五フィート六インチ。体重百二十ポンド。目は青く寄り目。顔は楕円形。手入れの行き届いた肌。髪は、二年前は明るい茶色でしたが今はブロンド。まとめておらず、ミディアムカットです。服装は立派ですが、少し派手。起きるのは昼頃。チップの支払いを嫌う。かなり当たっているとは思いますが、根拠のない推測を言えば、仕事をしていないのに金には困っておらず、男好きです。そのアパートに住んで八年。夫を見た者はいません。娘のフェイスを知っている者が六人いて、彼女に好感を抱いているものの、最後に会ったのは四年前で、アッシャー夫人も娘のことを口にしないそうです」

ウルフは唸った。「よくやった」

「どうも。このまま進めますか？」

「うむ」

「わかりました。オリーが女中をつかまえるのを待ちます。つかまらなかったら、二つほど案があります。ミス・ベッツは今夜出かける可能性があり、アパートのドアの鍵はただのワイアット錠です」

「彼女がよく使うタクシー運転手だが」とぼくは言った。「夫人は水曜の夜、使わなかったのか？」

「運転手によると、そうです。フレッドが彼を見つけました。私はまだ会っていません。フレッドは、嘘ではないと考えているようです」

「ただのワイアット錠だと言ったが、ワイアット錠はペーパークリップだけじゃ開けられない」とぼくは言った。「道具一式持ってそっちに行くから、どこかで落ち合って——」

「駄目だ」とウルフはきっぱりと言った。「ここにいたまえ」

ウルフは理由を言わなかった。電話を切ったあと、ぼくがどうやってレイドローを逃がしたのかを尋ね、一時間十五分かけて彼から聴取したことを報告するよう求めただけだ。成果なしのひと言ですませることもできたが、彼は夕食の時間が来るまでそのことをつつき続けた。なにを考えているかはわかったし、彼もぼくがわかっていることを知っていた。ぼくが行って、エレイン・アッシャーのアパートへのソールの不法侵入を手伝ったら、朝、電話に出られなくなる可能性が万に一つもあるというだけだ。

だが、夕食後に事務所に戻ると、彼は、少しは説明が必要だと判断した。フリッツが来てコーヒーを出すと、すぐに本を手にしたが、そのときのぼくの表情を目にしたからだろう。

彼は本を下に下ろし、「わからんのか」と言った。「アッシャー夫人に会いたいと考えているのは、娘が母親のことを嫌いだと言ったからというだけではない。夫人が姿を消したという事実もあるからだ」

「ええ。ぼくはなにも言ってませんよ」

「顔に書いてある。地方検事に例の手紙を送った人物の身元について、かすかなヒントが二つあることを考えているのだろう」

「考えてなどいませんよ。それはあなたの仕事です。二つのヒントとは?」

「わかっているはずだ。一つは、オースティン・バインが、グランサム・ハウスでフェイス・アッシャーを見かけたとレイドローに話したことだ。彼は名前を言わなかったし、レイドローも彼の口調や様子を思わせせぶりとは感じなかったが、その点は注目に値する。むろん、君はバインにその話を明かせなかった。依頼人の秘密を漏らすことになるからな。そんなことはできない」

ぼくは頷いた。「では、そのヒントはファイルに綴っておきますよ。もう一つのヒントとは?」

「ミス・グランサムだ。彼女はレイドローに、ダンスが下手だからという妙な理由で結婚を断った。

確かに女は、荒唐無稽という自覚もなく荒唐無稽な理由を常に口にするものだが、ミス・グランサムは、その理由が荒唐無稽だと自覚していたはずだ。真の理由が、彼のことが好きではなかったというだけなら、もっとましな理屈を口にしたはずだ。彼を軽く見ているなら別だが。軽く見ているのかな？」

「いえ」

「では、なぜ彼を侮辱するのか？　結婚の申し込み、つまりは男の究極の降伏を軽々しく断るのは侮辱だ。その一件は半年前の九月だ。真の理由は、彼とフェイス・アッシャーとの関係を知っていたからだと推測してもおかしくはない。彼女は道徳的な嫌悪を抱くような女性かな？」

「おそらく。その事実が彼女の興味をそそったとすればですが」

「彼女に会いたまえ。君ならダンスが上手いだろう。我々がレイドロー氏と契約していることを明かさずに、うまく――」

電話が鳴って、ぼくは振り向いて受話器を取り、合い鍵が必要だというソールからの電話かと期待したが違った。ソールはソプラノじゃない。とはいえ、鍵の話などせず、ぼくに会いたいと言う。すぐに会いたいと言うので、二十分後に行くと伝えた。

電話を切って振り向くと、「最高のタイミングですね」とウルフに言った。「申し分なしです。ぼくがレイドローを迎えに行ってるあいだに、あなたが手配なさったのかな。シリア・グランサムです。ぼくに会いたいと。大至急で。レイドローがプロポーズしたときに侮辱したわけを話したいのかも。そうは言わなかったけど」ぼくは立ち上がった。「すごいタイミングだ」

「場所は？」とウルフは唸るように言った。

「彼女の屋敷です」出ていく途中だったが、振り返って訂正した。「彼女の母親の屋敷です。電話番号はご存じですね」ぼくは出ていった。

シリアがぼくに会いたい理由は、個人的な理由を別にしても、少なくとも二十はありそうだが、どの理由かはヒントをくれなかったし、どのみちすぐわかるから、推測しても仕方がない。だから、推測はアップタウンに向かうタクシーの中ですることにした。五番街の屋敷の玄関でボタンを押したとき、二十のうち半分しか検討していなかった。

ハケットがぼくを雇われ探偵と客のどちらとして扱うだろうかと思ったが、彼はその問題に直面することもなかった。シリアが一緒にいて、ぼくがコートを脱ぐとすぐに受け取ってハケットに渡した。ぼくの肘をつかむと、ホールルームと言う右側の部屋の戸口まで引っ張っていき、中に入るとドアを閉めてぼくのほうを向いた。

「母があなたに会いたいの」と言った。

「へえ?」ぼくは眉をつり上げた。「君が会いたいという話だったが」

「そうよ。でも、母から囮《おとり》に使われて、私もそう思ったの。警察本部長が来てるわ。警察はあなたと話したいと思ったけど、来ないかもしれないと考えたわけ。それで、母から電話するよう頼まれたのだけど、私もあなたに会いたいと気づいたの。みんなは二階のミュージック・ルームにいるけど、その前にあなたに聞きたいことがあって。エドウィン・レイドローはあの娘とどういう関係なの? フエイス・アッシャーのことよ」

形勢はひっくり返った。ウルフは、ぼくなら切り札を出さずに、彼女が依頼人の秘密を知っているか探り出せるのではと考えていたが、彼女がぼくにそのことを問い詰めてきたので、知らぬふりをするしかなかった。

「レイドロー？」ぼくはかぶりを振った。「さてね。なぜだい？」

「知らないの？」

「ああ。知ってるはずだとでも？」

「当然知ってると思ったわ。だって、このトラブルを引き起こしてるのはあなたなんだから。私はいつか彼と結婚するかも。彼がとんでもない窮地に陥ったら、今すぐ結婚するわ。あなたが卑劣漢だとわかったから。それは内部情報だけど、根拠があるわけじゃない。あなたって卑劣漢なの？」

「よく考えてから教えるよ。レイドローとフェイス・アッシャーの関係とは？」

「それを知りたいの。警察は私たちに、エドウィンが前から彼女を知ってたと承知していたのかと訊いてるけど、彼が知ってたはずないわ。警察は匿名の手紙を受け取ったのね。だって、私たちのタイプライターで試し打ちしたいと求めてきたもの。全部で四台――いえ、五台あるの。ハケットが一台、セシーと私が一台ずつ、母の事務所に二台あるわ。また私を困らせるの？　本当に知らないの？」

「今は知ってるよ。君が教えてくれたからね」ぼくは彼女の肩を軽く叩いた。「お金に困って仕事が必要になったら、いつでも電話してくれ。女探偵の素質がある。警察がなぜタイプライターのサンプルをほしがるのかを見抜くとはね。彼らはサンプルを手に入れたのかい？」

「ええ。ご存じのとおり、母はそういうのを嫌うけど、許可したの」

ぼくはまた彼女の肩を叩いた。「そんなもので結婚の計画を台無しにしちゃ駄目だ。警察が匿名の手紙を受け取ったにしても、そんな手紙はしょっちゅうさ。レイドローのことがなんと書いてあろうと、仮に彼が赤ん坊の父親だと書いてあったとしても、なんの証拠にもならない。匿名の手紙を送る者はどいつも――」

「そういうことじゃないの」と彼女は言った。「彼が赤ん坊の父親なら、彼と結婚すれば家族を持てるということだし、私は家族がほしい。私が心配してるのは、彼が窮地に陥るんじゃないかということ。あなたじゃ役に立たない」

アーウィン夫人が一目置くのももっともだ。彼女には独自のものの見方がある。彼女は話を続けた。

「だから、好きなようにして。母と警察本部長を避けたいのなら、帽子とコートを置いた場所は知ってるでしょ。囮に使われるのは好きじゃない。あなたは怒って帰ったと伝えるわ」

一か八かだ。ロビロッティ夫人とおしゃべりするのも捨て難い。今頃はすっかり興奮して、なにか面白いことを口にするかもしれないが、スキナー本部長が同席しているなら、どうせまた堂々巡りの話になるだけだ。もっとも、なぜわざわざシリアを餌に使ったのかを知れば役に立つかも。そこで、お母さんをがっかりさせたくはないと彼女に言った。彼女はレセプション・ホールから二階のミュージック・ルームへと案内してくれた。火曜の夜、ロビロッティ夫妻とスキナー本部長は端に集めた椅子に座っていて、飲み物を出されていたが、シャンパンではなかった。ブランデーも飲まずに女性たちと合流した部屋だ。

家族全員がいた――セシルは窓際に立ち、ロビロッティ夫人は骨ばった顎を上げたが、意図した効果は得られなかった。シリアとぼくが来ると、ロビロッティとスキナーが立ち上がったが、握手の手を差し出すためではなかった。相手が立っていて、自分は座っているのに、相手を見下すことはできない。

「グッドウィンさんは自分の意思で来られたの」とシリアは言った。「あなたが待ち伏せてると警告したけど、こうして来られたわ。こちらはスキナーさんよ、グッドウィンさん」

「既に顔見知りだ」と本部長は言った。その口調は、それが大切な思い出ではないことを示していた。最後に会ったのは一年ほど前だが、その後、耳の上に白髪が増え、新しい皺が二本できている。

「言っておきますけど」とロビロッティ夫人が言った。「あなたは二度と私の屋敷に入れたくなかったわ」

スキナーは彼女に向かって首を横に振った。「よしたまえ、ルイーズ」彼は腰を下ろし、ぼくを見つめた。「これは非公式でオフレコの話だ、グッドウィン。アルバート・グランサムは私の大切な親友だった。彼は自分の屋敷でこんなことをされるのは嫌だっただろうし、私は彼に恩義が――」

「それと」とシリアが口をはさんだ。「父なら、会いに来てくれと頼んでおいて、相手にお座りくださいとすら言わないのも嫌だったでしょうね」

「そのとおりだ」とロビロッティが言った。「座りたまえ、グッドウィン」彼にそんな度胸があるとは知らなかった。

「座る必要もなさそうだ」ぼくはロビロッティ夫人を見下ろしたが、その角度で見上げる夫人の視線はさらに鋭かった。「お嬢さんの話では、ぼくに会いたかったのはあなたのほうですね。ただ歓迎しないと言うために?」

夫人は見下すことはできなかったが、見ることはできた。「私は人生最悪の三日間を過ごしたばかりなの」と言った。「それもあなたのせいよ。あなたとは以前にも関わった。あなたと上司の男とも。この屋敷に入れなきゃよかった。あなた方は人を脅すのがうまいし、実際そんなことを企んでるんでしょ。脅しになど屈しないわ。そんなことをするつもりなら――」

「やめてくれ、母さん」とセシルが声を上げた。「そりゃ中傷ってもんだ」

「それに」とスキナーは言った。「無意味だ。さっきも言ったがね、グッドウィン、これは非公式でオフレコの話だ。地方検事も含めて、私がここにいることを知っている同僚は誰もいない。仮定を述べさせてもらう。あくまで仮定だ。火曜日の夜、君が防ぐと言った事態が起きたとき、君は憤慨したと仮定しよう——当然、憤慨しただろう——そして、その場の勢いで、フェイス・アッシャーは殺されたと思うと口走ってしまった。そのあと、自分が過ちを犯したと気づいた。君の証言は、分署の警官から署員、クレイマー警視、地方検事にまで伝わり、その頃にはあとに引けなくなっていた」

スキナーは微笑んだ。この笑みは知っている。知っている者も多い。「もう一つ仮定をするが、これもあくまで仮定だ。おそらくかなり早い段階で、君とウルフは、事件に関わった人々の中に裕福で地位の高い者がいることに気づき、その中の誰かが殺人事件の捜査にうんざりして私立探偵を雇おうとするかもしれないと考えた。それが仮定ではなく事実なら、君とウルフには、その期待が虚しいことはもうわかっているはずだ。事件に関わった人々は君らを雇うほど愚かではない。依頼料など得られないぞ」

「お話の途中でコメントするか、それとも、お話が終わるまで待ちましょうか?」とぼくは訊いた。

「最後まで話させてくれ。君の立場は理解している。今さらクレイマー警視や地方検事のところに行き、よく考えた結果、自分の間違いだったと思うとは言いにくいのもわかる。そこで提案がある。君が自分の判断をよく確かめたいと思い、今夜、現場を再度調べるためにここに来ると、私がいた、ということにしては。慎重に——距離や位置などを——調べた結果、謝罪するほどのことではないが、おそらく断定しすぎたことに気づいた、と。フェイス・アッシャーがシャンパンに毒を入れることも可能だったし、警察の結論が自殺であれば、異議を唱えないと認めるのだ。むろん、君に損害や不利益が生じないよう、また、君が警察に悩まされることのないよう私が責任をもって保証しよう。その責任は必ず果たす。はっきり返答するにはウルフに相談しなくてはならないのだろうが、できるだけ早くその返答がほしい。この屋敷から彼に電話するか、外に出て電話ボックスに行くか、あるいは事務所に戻ってもらってもいい。私はここで待つ。説明はもう十分だろう。私の提案は合理的かつフェアだと思うが」

「お話は以上ですか?」とぼくは訊いた。

「うむ」

「へえ。仮定はぼくにもできますが、なんの役に立つのやら。それと、ぼくは不利な立場にある。母からは、歓迎されざる場所に長居は無用とよく言われたし、あなたはロビロッティ夫人の発言もお聞きになりましたね。ぼくは過敏なんでしょうけど、極力我慢してきたつもりです」

ぼくは踵を返して歩き出した。声――スキナー、シリア、ロビロッティ――が聞こえたが、ぼくはかまわず立ち去った。

第十二章

　暇つぶしに、今までに聞いたり読んだり、誰かが口にするのを耳にした中で、一番うぬぼれに満ちた発言を選ぶとしたら、なにを選ぶ？　先日の夜、友だちがそんな話を持ち出し、彼女はルイ十四世の「朕は国家なり」を選んだ。ぼくはそんな昔に遡る必要もなかった。ぼくの選択は、「みなは私のことを知っている」。彼女は当然、誰がいつ言った言葉か知りたがった。ちょうど前日、フェイス・アッシャーの殺人犯は陪審員団から有罪の評決を受け、事件は解決したので、彼女には答えを教えた。

　ぼくが戻って報告をした金曜の夜、ウルフがそう言ったのだ。報告を終えると、ぼくは論評を加えた。「なに、本当に馬鹿げてますよ。警察本部長も地方検事も殺人課の警視も、苛々と爪を噛んでる理由たるや、自殺と判断すれば、無名の一市民が不協和音を立てるってことだけなんだから」

「みなは私のことを知っている」とウルフは言った。

　鼻をあかしてやりたいところだ。記録上は、確かにそのとおりだが。彼らはウルフのことをよく知っている。彼らが公式に自殺と宣言したあと、一日か一週間か一か月後に、ウルフがWA九―八二四一に電話してきて、殺人犯と証拠を引き渡すから来てくれと言われたらたまったものではない。彼らは、そうなると確信があるわけではないが、過去の経験から、そうなることに賭けたほうが当たると知っている。つまり、その言葉に根拠がないと言いたいわけじゃなく、どういうことか説明するほうがいいと思ってね。

ウルフは余計なことを言わなかった。「みなは私のことを知っている」と言い、本を手にした。

翌日の土曜、ぼくらは口論になった。爆発は昼食の直後に起きた。ぼくが朝食のコーヒーを二杯飲んでいた八時半、ソールが電話をかけてきて、進展はないと報告した。マージョリー・ベッツは夕方ずっとアパートの部屋にいたため、ワイアット錠は手つかずのままだった。ソールは正午にまた電話をかけてきて、あれこれ情報を伝えてきたが、やはり進展はなかった。だが、ぼくらが昼食後に事務所に戻った二時半に電話が鳴り、ソールからニュースがあった。彼らは獲物を見つけた。メッセンジャー・サーヴィスの職員がアパートに来て出てくると、タグの付いたスーツケースを持っていた。実に簡単な仕事だった。ソールとオリーはその職員にぴったりついて地下鉄の車両に乗った。タグには「ミス・イーディス・アプソン、九一一号室、ホテル・クリスティ、レキシントン・アヴェニュー五二三」と記されていて、スーツケースには、「E・U」というイニシャルが付いていた。

ホテルの部屋に籠っている人間を目にするのは少々難しいが、状況はまさに打ってつけだった。荷物を持つ煩いのないソールは、先にホテルに到着して九階に行き、スーツケースを持参したメッセンジャーに応答してドアが開いた瞬間、九一一号室のドアの前を通り過ぎた。容貌の説明が正しいなら、イーディス・アプソンはエレイン・アッシャーだ。ソールは当然、その場で彼女に食い下がる誘惑に駆られたが、これまた当然、ソールらしく、考え直して場を離れ、電話をかけてきた。彼は、なにか指示があるか、それとも自分の判断で動くべきかを知りたがった。

「助っ人が必要だな」とぼくは言った。「十二分後にそっちに行く。場所は――」

「駄目だ」とウルフは電話で言った。「ソール、君の判断で進めてくれたまえ。君にはオリーがいる。

こういう局面では、君の才能は私に劣らず優れている。彼女をここに連れてきたまえ」

「わかりました」

「できれば穏やかに。ともあれ、連れてきてくれ」

「わかりました」

口論になったのはそのときだ。ぼくは荒っぽく受話器を置くと、立ち上がった。「今日は土曜です」と言った。「今週の給与の小切手はいただきました。給与一か月分の退職金をお願いします」

「ふん」

「冗談ではありません。これで御免こうむります。あの娘が死ぬのを目にしてから八十八時間経ちました。あなたの素晴らしいアイデアは、ぼくも素晴らしいと認めますが、彼女の母親を連れてくることだった。ソールが彼女を連れてくるまで、ここで座して待つわけにはいきません。ソールはぼくの十倍も賢いわけじゃない。せいぜい二倍だ。給与一か月分の退職金は――」

「黙れ」

「わかりました」ぼくは金庫のところに行って小切手帳を取り出し、自分の机に持ってきた。

「アーチー」

「ぼくは黙ります」ぼくは小切手帳を開いた。

「当然だな。これは我々二人の問題だ。我々は生きた存在だ。生きた存在である以上、どんなことが起きようと当然だ。君は強情だし、私は尊大だ。我々がお互い相手に寛容であるのは、常に繰り返される奇跡だ。素晴らしいかどうかはともかく、私にはアイデアが一つしかなかったわけではない。アイデアは二つあった。我々はオースティン・バインのことを軽視している。君が彼に会ってから二日二晩経った。彼が仮病で君をあのパーティーに行かせ、グランサム・ハウスでミス・アッシャーを目にしたことをレイドローに伝え、ミス・アッシャーを夕食会のゲストの一人に選んだ以上、我々は彼にもっと注目しなくては。君には彼のほうに対応してもらいたいのだ」

ぼくは顔を向けたが、小切手帳は開いたままだった。「どうやって？　君の説明が気に入らないなら、新たな説明を頼む、と言うんですか？」

「馬鹿な。本気じゃあるまい。彼を調べ、探ってみたまえ」

「もう探りましたよ。レイドローがなんと言ったかご存じでしょう。彼にははっきりした生活手段はありませんが、アパートの部屋と車があって、持ち合わせの金でポーカーをし、素寒貧になることもありません。ちなみに、アパートの部屋には目を引かれました。あなたが彼をこの殺人事件の犯人にし、ぼくらの寛容の奇跡が続かなくなったら、ぼくがこの仕事を引き継ぎますよ。頭に血が上って彼に直接会いたいとおっしゃってるんですか？」

「いや。私には彼に働きかける手立てがない。彼のことを軽視しすぎたと思っているだけだ。彼に再び接近すれば、君も手立てを失う。彼を監視することが最善の策だろう」

「この小切手を書くのは先延ばしとして、それが指示ですか？」

「そうだ」

少なくともしばらくは外に出て奇跡から離れられる。小切手帳を金庫に戻し、必要経費の引き出しから十ドル札を二十枚取り出すと、いつ戻るかわからないとウルフに言い、廊下に出てコートと帽子を手にした。

尾行をはじめるには、相手の所在がわかっているほうがいいが、この点、少々不利だった。バインは、ジャージー・シティやブルックリンか、あるいは全然別の場所にいるかもしれないし、ポーカー・マラソンをしているか、風邪をひいて家で寝込んでいるか、公園を散歩しているかもわからない。ぼくは外の空気を吸いながら二マイル歩いてボウドイン・ストリートに行き、ボウドインとアーバーの角で電話ボックスを見つけてバインの番号をダイヤルした。応答なし。少なくとも彼のいない場所はわかった。またもや誘惑に駆られた。鍵をいじりたくなる誘惑はつきものだ。聴覚を試す一番の方法は、誰かのねぐらに勝手に入り込み、なにか面白いものがないかあちこち探しながら、階段の足音やエレベーターの音に耳をすますことだ。手遅れにならぬうちに察知できなければ、聴覚に問題があるのだし、次も外でやる仕事に就くのなら、別のタイプの仕事を探すべきだ。

誘惑を抑え込むと、木曜の午後に目に留めた同じブロックにある店に行った。スイートピーで縁取られた芸術的な看板があり、〈エイミーの隠れ家〉と書いてあるようだ。中に入ると、腕時計は四時十二分だった。それから六時十五分まで、つまり二時間ちょっとのあいだに、パイを五個、ルバーブを二本、リンゴ、グリーン・トマト、チョコレートをそれぞれ一つずつ食べ、ミルクを四杯、コーヒーを二杯飲んだ。座っていた窓際のテーブルからは、通りの反対側の数軒先にある八七番地の入口が見えた。ぐずぐず長居していることや食べる量が人目を引かないように、手帳と鉛筆を取り出し、椅子の上で眠る猫のスケッチを描いた。グリニッチ・ヴィレッジでは、それでなんでも説明がつく。ちなみに、パイは実に申し分なかった。フリッツに一つ持ち帰ってやりたかった。六時十五分、外が薄暗くなってきたので、勘定書を頼み、手帳をポケットに入れていると、八七番地の前にタクシーが停まり、ディンキー・バインが出てきて入口に向かった。お釣りが来たので、チップに二十五セント追加し、「これは猫に」と言って席を立った。

木曜に使った八七番地の向かい側の戸口ほど居心地よくはなかったが、どんなに目がよくても、夜は昼間よりも近くに陣取らないといけない。ディンキーが背中を丸めて本を読むとか、いや、読まなくとも部屋で夜を過ごすつもりでないといいが、食事をするはずだし、自炊するとも思えないから、それはありそうにない。五階の窓に明かりが見えたので、やることができた。ほぼ三十秒ごとに顔を上げて、明かりが消えてないか確認したのだ。首が痛くなりはじめた頃、七時二分にようやく明かりが消えた。二分後、獲物は玄関から出てきて右に曲がった。

マンハッタンで男一人を尾行するのは、頭を使わなくてもちょろいものだ。もし相手が突然タクシーを呼び止めようとしたらどうするか――「もし」は百通りあるし、どれも相手に有利だ。だが、もちろん、どんなゲームでも、不利なほど楽しくなるし、勝てば自尊心にもつながる。当然、夜のほうが楽だ。相手が知り合いならなおさらだ。このときは、バインを見張る上で胸を張れるようなことはなにもなかった。「もし」がなにも起きなかったからだ。十分ほど歩いただけだ。彼はアーバー・ストリートを左折し、七番街を横切り、西に三ブロック、アップタウンに一ブロック進むと、窓に「トムの店」と記されているドアから中に入った。

こんな状況だと、相手に知られているのは面倒だ。中には入れない。偵察場所を探すしかないが、完璧な場所を見つけた。通りのほぼ真向かいにある二つの建物に挟まれた狭い通路だ。建物の並びから優に十フィートは離れた通路に入ったが、そこなら光がまったく入らず、〈トムの店〉の正面を見ることができる。立ちん坊が辛くなったら座れる鉄製の物もあった。

座る必要はなかった。それほど長くかからなかった。五分も経たぬうちに、不意に仲間がやってきた。ぼくは一人だったが、そうではなくなった。男が通路に入ってきて、ぼくに気づくと、暗闇の中を覗き込んできた。ぼくらのどっちが視力がいいかという、いろんな機会に思い浮かんだ疑問は、ぼくらが同時に口を開いたときに決着がついた。彼は「アーチー」と言い、ぼくは「ソール」と言った。

「どういうことだ」とぼくは言った。

「君も彼女をつけてるのか?」と彼は訊いた。「言ってくれたらよかったのに」

「ぼくがつけてるのは男だ。やれやれ。君の獲物はどこに?」

「通りの向こう。〈トムの店〉だ。彼女は来たばかりだ」

「運命だな」とぼくは言った。「千載一遇のチャンスでもある。もちろん、偶然の一致かもしれない。ウルフ氏曰く、概ね無作為に物事が起きる世界では偶然の一致は起こり得る。だが、これは違う。彼女とは話したのか?　相手は君を知ってるのか?」

「いや」

「こっちの獲物はぼくを知ってる。名前はオースティン・バイン。身長六フィート一インチ、体重百七十ポンド、痩せ型で、関節が柔らかく、三十代前半、髪と目は茶色、皮膚が骨にぴったり張り付いてる。中に入って見てきてくれ。賭けをするなら、彼らが一緒にいることに賭ければ配当は十倍だ」

「運命に逆らう賭けはしない」と彼は言い、店に向かった。それからの五分は五時間に等しかった。ぼくは鉄製の物に座り、三回、もしかすると四回は立ち上がった。

ソールが来ると、「奥の隅のボックス席に一緒にいる。二人だけだ。男は牡蠣を味わってる」と言った。

「じきに屈辱を味わうさ。クリスマスにはなにがほしい?」

「ずっと君のサインがほしかったな」

「あげるよ。タトゥーで体にサインしてやる。問題が生じたな。女は君の獲物で、男はぼくの獲物だ。今、二人は一緒にいる。誰が指揮を執る？」

「答えは簡単だよ、アーチー。ウルフ氏だ」

「そりゃそうだ。真夜中までにはけりがつくだろう。あいつらを地下室に連れていって、頭の皮を剝いでやる。牡蠣を食べてるんなら、電話する時間はたっぷりあるな。君か、ぼくか？」

「君だな。私はここにいるよ」

「オリーはどこに？」

「わからん。彼女が出てきたとき、彼は徒歩、私は車で、彼女はタクシーに乗った」

「車が停まるのは見たよ。よし。座って楽にしてくれ」

角のバー・アンド・グリルの電話ボックスは使用中で、待つはめになった。この四日間、待つことが多すぎ、待つのはうんざりだった。だが、数分後にかけてたやつが出てきたので中に入り、ドアを閉め、おなじみの番号をダイヤルした。フリッツが出たので、ウルフ氏と話したいと言った。

「だが、アーチー！　食事中だぞ！」

「わかってる。緊急だと伝えてくれ」ウルフをテーブルから呼び出すいい口実ができたのも思わぬ喜びだ。彼にはルールが多すぎる。彼の声、いや、怒号が聞こえた。

「なんだ？」

「報告があります。ソールと議論になりましてね。彼の考えでは――」

「ソールとなにをしている？」

「今話そうと。電話はぼくから、が彼の意見でした。プロトコールの問題が生じましてね。ぼくはバインをレストランというか店まで尾行し、ソールはアッシャー夫人を同じレストランまで尾行したわけです。ぼくら二人の獲物はそこで同じボックス席にいる。バインは牡蠣を食べてます。だから、問題は、ソールとぼくのどちらが指揮を執るか、ですよ。暴力によらず解決する唯一の方法は、あなたに電話することだったわけです」

「食事の時間にか」と彼は言った。ぼくは言い返さなかった。彼の不満はぼくに邪魔されたためではなく、彼の二つの素晴らしいアイデアが結びついたのがその時間だったためだとわかっていたからだ。

ぼくは同情を込めて言った。「彼らはもう少し考えるべきでしたね」

「誰か一緒にいるのか?」と彼は訊いた。

「いえ」

「監視されていると気づかれたか?」

「いえ」

「話を盗み聞きできるか?」

「できるかもしれませんが、難しいでしょう」

「よし。二人を連れてきたまえ。急ぐことはない。私は夕食を摂りはじめたばかりだから。彼らの目に触れたら、内緒話をする機会を与えるな。食事はすんだか?」

「パイとミルクで腹いっぱいです。ソールのほうはわかりません。訊いてみますよ」

「そうしてくれ。彼はこっちに来て食事を——いや、君も彼が必要だろうな」

ぼくは電話を切り、現場本部に戻ると、ソールに言った。「連れてこいと言ってる。当然だな。夕食を食べはじめたばかりだから、一時間後でいい。天才のなんたるかを知ってるかい? 天才とは、なにが起きるか知らなくても何事かをなせる人のことさ。まったくとんだ話だ。我らの天才は、君が食事をすませたか知りたがってたよ」

「だろうな。むろん、腹いっぱいさ」

「よし。じゃあ、やり方だ。中に入って二人を連れ出すか、それとも、出てくるのを待つか？」

どっちのやり方も長所と短所があり、話し合った結果、ソールが中に入って食事の進み具合を確かめ、何時間ももつくらい食べたようなら、あるいは、一服する気配を見せたら、ソールが出てきて、ぼくに合図し、中に戻って、ぼくが来たところでボックス席に行くことになった。

彼らは早食いだったに違いない。ソールは行って十分も経たぬうちに出てきて、片手を挙げ、ぼくが動き出すのを見て、また中に戻った。ぼくは通りを横切って中に入り、客たちの雑音や煙草の煙幕に慣れるのに五秒かけ、奥のボックス席に来ると、二人がいた。バインが最初に気づいたのは、狭い席なのに誰かが座って体を押し付けてきたため、さっと振り向いたときだ。彼はなにか言いはじめ、こっちに気づくと、ぼくを睨みつけた。

「やあ、ディンキー」とぼくは言った。「割り込んですまないが、友人を紹介したい。パンザー氏だ。ソール、こちらはアッシャー夫人、バイン氏だ。座ってくれ。アッシャーさん、彼に座る場所を空けてもらえませんか？」

バインは反射的に立ち上がろうとしたが、狭く小さなボックス席ではテーブルをひっくり返さずには立ち上がれない。彼は再び座り、口を開くと、また閉じた。エレイン・アッシャーが持っていたグラスから中身がテーブルの上にこぼれ、彼女の横に窮屈そうに座ったソールが手を伸ばしてグラスを受け取った。

「出させてくれ」とバインは言った。「出させてくれないなら、君を乗り越えていくぞ。彼女の名前はアプソン。イーディス・アプソンだ」

ぼくはかぶりを振った。「騒ぎを起こせば、ますますまずくなる。パンザー氏はアッシャー夫人を知っているが、夫人は彼を知らない。落ち着いて状況を考えようじゃないか。君ら二人が――」

「目当てはなんだ？」

「説明しよう。君ら二人がこの辺鄙な汚い場所で会う約束をしたのは、なにかもっともなわけがあるはずだ。パンザー氏とぼくは、そのわけを知りたいし、ほかにも――マスコミ、一般市民、警察、地方検事、ネロ・ウルフも知りたいだろう。この騒音とスモッグの中で説明してもらうのは無理だ。ぼくが君らと話をしているあいだに、パンザー氏がクレイマー警視に電話して、車を寄こしてもらう。あるいは、ウルフ氏のところへ話をしてもらうために連れていく。好きなほうを選びたまえ」

彼は少し気を取り直した。手練れのポーカー・プレイヤーだ。ぼくの腕を軽く叩いた。「なあ、アーチー、なんでもないんだ。ぼくらがここに一緒にいるのは、確かに妙だが、待ち合わせたわけじゃない。アッシャー夫人に会ったのは一年ほど前だ。娘さんがグランサム・ハウスに入所したとき、夫人に会いに行ったんだ。今夜ここに来たら、夫人を見かけて、あの事件のあとだから、当然、ぼくは話しかけた。それから――」

「もういい、ディンキー。ソール、クレイマーに電話しろ」

ソールはすり抜けて出ようとした。バインが手を伸ばして彼の袖をつかんだ。「ちょっと待ってくれ。くそっ、ぼくの話が聞こえないのか？　ぼくは――」

「駄目だ」とぼくは言った。「聞く耳など持たない。決めるのに一分やる」ぼくは腕時計を見た。「一分だ。君とアッシャー夫人がネロ・ウルフのところに行くか、クレイマーに電話するか。一分だ」ぼくは腕時計を見た。「よし」

「警察は駄目」とアッシャー夫人が言った。「お願い、警察は嫌よ」

バインは切り出した。「話を聞いてくれれば――」

「駄目だ。あと四十秒」

スタッドポーカーをやっていて、配られたカードが一枚しかなく、相手の男がジャックを二枚表にしていて、自分の手札がブタだとしたら、相手や自分のホールカードがなにかは関係ない。バインは四十秒を使い切らなかった。首を伸ばしてウェイターを見つけ、勘定書を持ってくるよう頼んだとき、四十秒のうち十秒しか経っていなかった。

第十三章

赤革の椅子に座るエレイン・アッシャーを机に座って眺めながら、ソールから聞いた描写を基にぼくがまとめた彼女のイメージはかなり正確だったな、と内心思った。楕円形の顔、目は青く寄り目、きれいな肌、ミディアムカットのブロンドの髪、歳は四十前後。体重は百二十ポンドではなく百十五ポンドと言いたいが、この四日間で少し痩せたのかも。赤革の椅子に座らせたのは、バインはぼくの近くに座らせたほうがいいと思ったからだ。彼はソールとぼくのあいだにいて、ソールは二人のあいだにいた。だが、ぼくの手配はすぐに変更された。

「あなた方とは個別に話をしたいのですが、その前に誤解のないようにしておきます」とウルフは言った。「私はあなた方を徹底的に追及するつもりですが、これに従う必要はありません。私が話しはじめる前、またはいつでも席を立ってお帰りになってかまいません。その場合、私との話は終わり、あとは警察を相手にすることになります。あなた方を右往左往させたくはありませんので、あらかじめはっきり申し上げているのです。今すぐ帰りたければ、お帰りください」

彼は深く息をついた。彼はコーヒーを飲み終えて食堂から来たばかりだった。食堂にいるあいだに、〈トムの店〉でのトップ会談のことは報告しておいた。

「ぼくらは脅されて無理やりここに連れてこられた」とバインは言った。

「確かに。私も同じ脅しであなた方を引き留めている。帰るほうがいいとおっしゃるなら、お帰りください。さて、奥様、私はバイン氏と個別にお話ししたい。ソール、アッシャー夫人を応接室にお連れしてくれ」

「行かないでくれ」とバインは夫人に言った。「ここにいてくれ」

ウルフはぼくのほうを向いた。「君の言うとおりだ、アーチー。彼は手に負えない。話をする値打ちはないな。クレイマー氏を呼んでくれ」

「いえ」とエレイン・アッシャーは言い、椅子から立ち上がった。「私は外します」

ソールは立ち上がると、「こちらです」と言い、応接室に通じるドアを開け、彼女のためにドアを押さえた。彼女が中に入ると、彼も続き、ドアを閉めた。

ウルフはバインに目を向けた。「さて。大声で話しても無駄です。あの壁とドアは防音ですから。グッドウィン氏は、あなたがアッシャー夫人とレストランにいたことをどう説明したか教えてくれました。私がその話を信じると思われますか？」

「いや」とディンキーは言った。

当然だ。無理だと気づく時間はあった。彼が夫人に会いに行ったのが、彼女の娘がグランサム・ハウスに入所していたからだというなら、彼女がフェイスの母親だとどうやって知ったのか？　記録からも、アーウィン夫人からも知ることはできない。ほかの娘から？　無理がありすぎる。

「ほかにどんな説明をなさいますか？」とウルフは訊いた。

「グッドウィンにそう言ったのは、本当のことを言えば、アッシャー夫人を困らせることになるからだ。こうなったら仕方がない。彼女に会ったのはしばらく前、三年前で、一年ほど親しい関係にあった。彼女はおそらく否定するよ。きっと否定するはずだ。当然否定する」

「でしょうな。今夜、彼女と会ったのは偶然ですか？」

「いや」とディンキーは言った。そうだと言っても眉唾だと気づく時間もあった。彼は話を続けた。

「彼女は今朝、電話してきて、クリスティ・ホテルにイーディス・アプソンの名で部屋をとっていると言った。ぼくがロビロッティ夫人の甥だと知っていたから、会って死んだ娘のことを訊きたいと。火曜の夜は現場にいなかったと言ったが、それは知っているが会いたいとね。彼女を怒らせたくなかったから、会うことを承諾した。フェイス・アッシャーの母親と親しい関係だったことがバレても困るしね。あのレストランで会う約束をしたんだ」

「夫人がフェイス・アッシャーの母親だと以前から知っていたのですか？」

「娘がいることは知っていたが、名前がフェイスとは知らなかった。ぼくらが——ぼくが彼女と知り合ったとき、娘のことを話してたんだ」

「今夜、夫人は娘のことについてなにを尋ねましたか？」

「彼女はただ、新聞に載ってないことをなにか知らないかと訊いてきた。現場にいた人々のことや、正確にはなにが起きたのかを。人々のことは話せたが、なにが起きたのかはぼくもそれ以上知らなかった」

「その点でなにか詳しく話したいことはありますか？　あるいは付け加えたいことは？」

「付け加えることなどない」

「では、アッシャー夫人と話しましょう。夫人とお話ししたあと、夫人同席の上で、またあなたを呼びます。アーチー、バイン氏をお連れして、アッシャー夫人を連れてきてくれ」

彼は子羊のようにおとなしくついてきた。捨て札を捨て、ドローとベットをすませ、ショーダウンをする気になっていた。ぼくは彼のために開けてやったドアをアッシャー夫人が入ってくるまで押さえ、ドアを閉めて自分の机に戻った。彼女は赤革の椅子に座ったので、ウルフは椅子を回して彼女のほうを向いた。ソールの報告によれば、彼女は男好きで、おそらく男も彼女に惹かれる特徴――歩くときの腰の振り方、頭の傾げ方、目に浮かぶ思わせぶりな暗示――がある。彼女がプレッシャーを感じ、目を向けている男が火遊びの相手にふさわしい候補ではない今でさえも。彼女は四十歳。二十歳の彼女は絶品だったはずだ。

ウルフは再び深く息を吸った。食後すぐの運動はかなりきつい。「当然ですが、奥様」と言った。「私があなたとバイン氏に個別に話をする理由は自明です。あなたの説明が彼の説明と一致するか確かめるためです。あなた方には共謀の機会がなかったので、説明の一致は決定的ではなくとも、少なくとも説得力の伴うものでしょう」

彼女は微笑んだ。「小難しい言葉をお使いになるのね」その口調と表情から、小難しい言葉を使う男にずっと会いたいと思っていたことが伝わってきた。

ウルフは唸った。「言いたいことが伝わる言葉を使うようにしているのです」

「私もです」と彼女はきっぱりと言った。「でも、いい言葉が見つからないこともあります。バインさんがなにを話したかは知りませんが、私にできることは真実を話すことだけです。今夜、彼と一緒にいた経緯をお知りになりたいんですね？」

「そうです」

「今朝、彼に電話して、会いたいと言ったら、七時十五分に〈トムの店〉で会おうと言われて、そこに行きました。聞いたこともない店でしたが。特にわくわくする話でもありませんよね？」

「月並みですな。彼とは長いお知り合いですか？」

「彼のことはよく知りません。一年ほど前にどこかでお会いしました。どこだったかお話ししたいのですが、どうしても思い出せなくて。どこかのパーティーでしたが、場所は思い出せません。どのみち、それはどうでもいいことね。でも、昨日、窓際に座って娘のことを考えていたんです。かわいいフェイスのことを」声を詰まらせたが、さほど効果的ではなかった。「そして、バイン、オースティン・バインという男に会ったことを思い出したんです。彼自身からかもしれませんが、誰かから聞いた話では、金持ちのロビロッティ夫人、元アルバート・グランサム夫人の甥だとか。娘はロビロッティ夫人の屋敷で亡くなったので、彼なら娘のことを話してくれるかもしれないし、ロビロッティ夫人に会って娘のことを訊けるよう取り計らってくれるかも、と。娘のことをできる限り知りたかったんです」声を詰まらせた。

雲行きはよくない。むしろ悪い。バインは狡猾なことに、彼女が裏付けそうにない話をでっち上げた。彼女ならおそらくその話を否定するだろうとことわることまでした。それどころか、バインの作り話ではない可能性もある。紳士よろしく真実を語っていたのかも。〈トムの店〉でのウルフの二つの素晴らしいアイデアの邂逅は、二人が一緒にいるとソールから聞いたときは幸先よさそうに思えたが、ポシャってしまうかも。結局、彼は天才ではなかったのかな。

彼が同じく暗い見通しを持っていたとしても、顔には出さなかった。彼は訊いた。「バイン氏との待ち合わせは罪のない行為だったのに、なぜ警察を呼ぶという脅しに怖気づいたのですか？　アーチー、彼女はなんと言った？」

「『警察は駄目。お願い、警察は嫌よ』と」

「そうだな。なぜですか、アッシャーさん？」

「警察は嫌いです。警察を好きになったことなどありません」

「なぜ家を出てホテルに行き、別の名前で部屋を押さえたのですか？」

「娘の自殺のせいで、そんな気分になったんです。人に会いたくなかったの。新聞記者が来るに決まってますもの。それに警察も。一人になりたかったんです。あなただってそうでしょう。もし――」

玄関の呼び鈴が鳴ったので、ぼくが出た。手がふさがっているときはフリッツに出てもらうこともあるが、彼女がここに、バインが応接室にいるので、誰なのか確かめたほうがいいと思ったのだ。それに、気落ちしていたし、動きたい気分だった。なんのことはない、オリー・キャザーだ。ドアを開けて出迎え、彼が敷居をまたぐと、ぼくはドアを閉めた。彼がコートを脱ぐと、その下に隠れていた革製のファスナー付きのケースが見えた。

「そりゃなんだ？」とぼくは訊いた。「ウィークエンドバッグか？」

「いや」と彼は言った。「アッシャー夫人の秘密の――」

ぼくは手で彼の口を押さえようとした。彼は驚いたが、ヒントを理解した。ぼくが先に廊下から右に曲がって食堂に入ると、あとに続いた。

ぼくはドアを閉め、戸口から離れて、「アッシャー夫人のなんだって？」と訊いた。

「夫人の秘密の罪だ」彼は目をきらめかせた。「ウルフさんに直接渡したい」

「無理だ。アッシャー夫人が一緒に事務所にいる。どこで――」

「ここに？　どうして？」

「その話はあとだ。どこで手に入れた?」

居丈高に聞こえたかもしれないが、ぼくは神経が少し張り詰めていた。オリーは我意を捨てて、顔を上げた。「もちろん報告するよ、グッドウィンさん。パンザー氏とぼくはクリスティ・ホテルを張ってた。獲物が現れてタクシーに乗ると、ソールは別のタクシーに飛び乗り、ぼくは乗り損ねた。そのせいで手がすいたから、ここに電話した。ウルフさんは、彼女がどのくらい留守にするか手がかりはあるかと訊いてこられた。ぼくはイエスと答え、タクシーに乗ったから、三十分は下らないだろうし、おそらくもっと長いだろうと答えた。ウルフさんは、彼女の部屋の中を調べるといいとおっしゃるから、わかりましたと答えた。中に入るには時間がかかったね。詳細を知りたいかい?」

「あとでいい。その中身は?」

「鍵のかかったスーツケースに入っていた――今日、メッセンジャーが持っていったやつじゃなく、もっと小さいやつだ。スーツケースは簡単に開いたが、こいつはトリックロックが付いていて、壊さなきゃならなかった」

ぼくは手を伸ばした。オリーは渡したくなさそうだったが、プロトコールはあくまでプロトコールだ。ぼくはテーブルに持っていき、ファスナーを開けて、九×十二インチの封筒と、もっと小さい封筒の二つを取り出した。どちらも封は開いていて、もともと封印されていなかった。大きい封筒の中身をそっと取り出した。

雑誌や新聞から切り抜いた写真だ。キャプションがなくても、誰かわかっただろう。ぼくはとうに読み書きのできる歳だし、億万長者の慈善家の写真はよく目にするものだ。一番上の写真のキャプションは、「アルバート・グランサム(左)、アメリカ慈善連盟の今年の賞を受賞」。すべてグランサムの写真で、二十枚以上ある。一枚ずつ見て、なにが書いてあるか確かめた。

「そっちはどうでもいい」とオリーがもどかしげに言った。「もう一つの封筒だ」

その封筒はさほど大きくなかったが、中に白い綴じ紐付きのもうひと回り小さい封筒が入っていた。隅に「アルバート・グランサム」という名前が五番街の住所とともに印刷されていて、手書きでニューヨーク西八十七丁目八一二番地、エレイン・アッシャー夫人と宛名が書かれ、その下に「メッセンジャー配達」と書かれている。中には折り畳んだ紙が入っていて、ぼくは広げて読んだ。

「一九五二年六月六日
前略　エレイン
お約束どおり、先日お伝えした内容を文書で確認させていただきます。
私は、あなたの娘、フェイスの父親としての義務を法的にも道義的にも負うつもりはありません。あなたは私が彼女の父親だとずっと主張してきたし、しばらくは私もあなたの主張を信じました。その主張が嘘だと証明する証拠はありませんが、申し上げたように、私は過去十年のあなたの生活ぶりを調べました。貞節があなたの美徳の一つでないことは明らかです。十五年前、私があなたの若さに惹かれ、あなたの好意——あなたの言によればですが——を享受していた頃は貞節だったのかもしれませんが、その後のあなたの行動からは、これを信じることはできません。あの頃の自分の行動についてあらためて遺憾の意を述べるつもりはありません。既に述べましたし、私がそのことをどう考えているかもご存じでしょう。私は分別を得たのちもずっと遺憾なことだと思ってきました。娘さんとあなた自身の物質的ニーズを満たす上で不寛容な対応をしたことはありません。それもしばらくは容易なことではありませんでしたが、父の死後、あなたには毎月二千ドルを支給してきました。あなたはその税金を払っていません。

しかし、私も老境に近づきましたので、おっしゃるように、不測の事態に備えておくべきでしょう。申し上げたように、多額のお金——あなたと娘さんが生活できるだけのお金をくれというご要望は拒むほかありません。あなたの金銭感覚は信用がなりません。そのお金もすぐに使い果たし、また私に訴えてくるのではないでしょうか。申し上げた理由により、今すぐであろうと遺言においてであろうと、信託基金によって資金を提供することもできません。事実の公表も辞さないつもりです。

そこで、この状況に対応する措置を講じました。甥のオースティン・バインに、二百万ドル強の非課税収入となる有価証券を贈与しました。収益は年およそ五万五千ドルになります。甥はその半分をあなたに送金し、残り半分を自分の手取りとすることになっています。

この措置は、甥と私が署名した合意書に記されています。条項の一つは、あなたが追加の要求をしたり、あなたと私のかつての関係を誰かに漏らしたり、私の財産や家族に対して要求を行ったりした場合、甥はあなたと収益を分け合う義務から解放されるというものです。もう一つの条項は、甥があなたへの然るべき送金を滞らせた場合、あなたは元本の全額を請求できるというものです。この条項を作成するにあたって、弁護士の助言を得たかったのですが、それはできませんでした。この条項には拘束力があるものと確信しております。甥が義務を履行しないとは思いませんが、履行しなければ、どう対応すべきかあなたにもわかるはずです。もちろん、甥が元本を浪費する可能性もありますが、彼のことは昔から知っていますので、そんなことはまずないものと確信しております。

お約束どおり、この手紙であなたに申し上げたことを確認いたしました。繰り返しますが、この手紙は、私があなたの娘、フェイスの父親であることを認めたものではありません。あなたがこの手紙を誰かに見せたり、なんらかの要求の根拠として使用したりした場合、甥からの送金は直ちに停止されます。

末筆ながら、娘さんとあなたのご多幸とご健勝を心よりお祈り申し上げます。

草々

アルバート・グランサム」

読み終えて目を上げると、オリーが言った。「ウルフさんに直接渡したい」

「かまわない」ぼくは紙を折り畳んで封筒に入れた。「たいした手紙だ。まったくたいした手紙だな。先日、新聞で、どこかの馬鹿が彼の伝記を執筆中という記事を見たよ。そいつがこの手紙を見たら大喜びだろう。君は果報者だな。見つけたときのスリルを味わえるんなら、一か月分の給料をやってもいいくらいだ」

「そいつはいいな。ウルフ氏に渡したい」

「ああ。ここで待っててくれ。シャンパンでもやるといい」

ぼくは食堂を出て事務所に入り、ウルフの話の切りのいいところまで待ってから言った。「キャザー氏がお見せしたいものがあると。食堂にいます」彼は立ち上がって出ていき、ぼくは椅子に座った。アッシャー夫人の顔を見ると、生き生きとしている。一トンの煉瓦でぶん殴られようとしているのに、お高くとまって小首を傾げ、満足げに目をきらめかせている様子は見るのも辛い。だから見ないことにした。机のほうを向き、引き出しを開け、書類を取り出して読むふりをした。ウルフのところに連れてきてもらってよかった、喜んで説明させてもらったと彼女がぼくの背中に向かって言っても、振り返って応じようとも思わなかった。ポケットから手帳を取り出し、猫のスケッチを破り取っていると、ウルフの足音が聞こえた。

彼は椅子に座ると言った。「バイン氏を連れてきてくれ、アーチー。ソールもだ」

ぼくは行ってドアを開け、「入ってくれ、二人とも」と言った。

バインが入ってくると、彼はアッシャー夫人を見つめ、ぼくが見たのと同じ夫人の様子を目にした。彼も満足げだった。彼らは前に座っていた椅子に座った。ウルフは二人を繰り返し交互に見た。

「必要以上に面談を長引かせたくはありません」と言った。「だが、あなた方を称賛したい。あの場所で不意を突かれ、相談する間もなくここに連れてこられたのに、お二人とも実に巧妙に嘘をついたので、あなた方を弾劾するには費用のかかる長い調査が必要だったでしょう。見事な演技でした――お待ちください、バインさん。すぐに話す機会を差し上げますし、話さざるを得ないでしょう。残念ですが、演技は無駄でした。新たな弾薬が届いたのです。私宛ではない文書を読み終えたところでしてね」アッシャー夫人のほうを見た。「奥様、その文書には、内容を漏らせば厳しい制裁措置を受けると書いてありますが、あなたは漏らしていない。それどころか、秘密を守るために最善を尽くされました」

アッシャー夫人は既に立ち上がっていた。「文書？　なんのこと？」

「ご理解いただくには、抜粋を引用するのが一番でしょう――たとえば、四段落目。『そこで、この状況に対応する措置を講じました。甥のオースティン・バインに、二百万ドル強の非課税収入となる有価証券を贈与しました。収益は年およそ五万五千ドルになります。甥はその半分をあなたに送金

――』」

バインは立ち上がった。次の数秒、ちょっとした混乱が生じた。ぼくも立ち上がり、ウルフの前でバインに立ち塞がっていたが、彼はアッシャー夫人に怒りの目を向けていた。彼が夫人に向かっていくとソールが立ち塞がり、すべては抑え込まれた。だが、ソールが彼女に背を向け、ぼくがソールとバインに遮られると、アッシャー夫人は椅子から飛び出し、ウルフに突進した。ぼくならウルフの机の前に飛び出して阻止したかもしれないが、ぼくのいた位置からは無理だったかも。どのみち、驚きのあまり動けなかった――夫人ではなくウルフに驚いたのだ。彼は夫人のほうを向いていたので、膝を机の下に隠しておらず、椅子を回転させる必要もなかったが、それでも、動き出すには体重が重すぎた。ウルフは体をのけぞらせ、両脚を上げた。夫人が来たとたん、脚は伸び、片脚が彼女の顎に一撃をくらわした。夫人はうしろによろめいてソールに抱きとめられ、ソールは彼女を椅子に座らせた。当然だが、彼女は両手を顎に当て、ウルフに向かって「蹴ったわね！」とわめき立てた。

ぼくはバインの腕をしっかりつかんでいたが、彼は気づいてさえいなかった。気づくと、振りほどこうとしたが、できなかった。一瞬、彼がもう片方の拳で殴りかかってくるかと思ったが、まさにそうした。

「落ち着けよ」とぼくは助言した。「息が上がっちまうぞ」

「どうやって手に入れたの？」アッシャー夫人が問い詰めた。「どこにあるの？」彼女はまだ両手で顎を押さえていた。

ウルフは彼女を見つめていたが、警戒は解いていた。満足げに、というべきか。ずっと女の顎に蹴りを入れたい願望を抱いていたのでは、と思いたくなる。

「私のポケットの中にあります」と彼は言い、胸を軽く叩いた。「あなたのホテルの部屋から持ち出した男から、たった今手に入れたのです。いずれお返ししますよ。状況によりけりですが。もしかすると――」

「窃盗だ」とバインは言った。「重罪だぞ」

ウルフは頷いた。「定義上、そのとおりです。文書が最終的にアッシャー夫人の手に戻れば、夫人が告訴するとは思えませんが。殺人事件の裁判の証拠物件として提示される可能性はありますな。そうなると――」

「殺人など起きていない」

「それはあなたの料簡違いだ、バインさん。お座りください。少々時間がかかりますから。ありがとう。その点はきっぱりと断定的な言葉として申し上げましょう。フェイス・アッシャーは殺されたのです」

「嘘よ！」とアッシャー夫人が言った。顎から手を離したが、曲げた指はそのままだった。「フェイスは自殺です！」

「その点を議論するつもりはありません」とウルフは言った。「申し上げることは一つだけ。彼女が――間違いなく――殺されたという主張に、私はプロとしての評価を賭けるつもりだということです――実際そうしてきました。だからこそ、私は自分の能力を駆使し、自分の信用を賭けているのであり、この手紙が持つ可能性を探らなければならないのです」彼は胸を軽く叩き、バインを見つめた。「たとえば、あなたとグランサム氏が結んだ合意書を見せてもらわなくては。フェイス・アッシャーが死んだ場合、母親への送金は大幅に減額されるか、完全に停止されるという条項がありますか？」

バインは唇を舐めた。「アッシャー夫人宛の手紙を読んだのなら、合意内容は知ってるだろう。秘密の合意だし、見らせれない」

「なに、見せてもらいますよ」ウルフはきっぱりと言った。「あなたがここに来られたとき、私の脅しは、警察にあなた方の待ち合わせのことを伝えることでしかなかった。今となっては、私の脅しはさらに強力なものとなり、致命的なものになるかもしれませんよ。アッシャー夫人をご覧なさい。あなたを見つめる表情を。合意書はご覧になりましたか、奥様？」

「ええ」と彼女は言った。「見ました」

「申し上げたような条項が含まれていますか？」

「ええ」と彼女は言った。「そのとおりです。フェイスが死んだら、彼が私に支払うのは半分以下だと。娘が殺されたって本当ですか？」

「くだらん」とバインは言った。「この男が求めているのは真実じゃない。どのみち、ぼくは現場にいなかった。ぼくを見るんじゃない、エレイン。この男を見ろよ」

「合意書を見るほうが時間の節約と思い、あなたの部屋を探るためにキャザー氏を派遣しました」とウルフは言った。「彼に電話して、どこにあるのか教えていただければ事は早い。彼は鍵の扱い方がうまいので、既に中に入っていますよ」

バインは目をみはり、「なんてことだ」と言った。

「電話していただけますか？」

「そいつにじゃない。ふん。警察を呼ぶと脅してるが、ぼくのほうが電話してやる。男がぼくの部屋に侵入して、今そこにいるから捕まえてくれとな」

ぼくは椅子から離れた。「さあ、ディンキー、ぼくの電話を使ってくれ」

彼はぼくを無視し、「合意書の問題じゃない」とウルフに言った。「問題はきさまの図々しさだ。合意書は部屋にないし、見つけられないぞ。貸金庫の中にあるし、手は出せない」

「ならば月曜日まで待ちましょう」ウルフの肩が八分の一インチ上がり、また下がった。「とはいえ、キャザー氏の苦労を無駄にはしません。ほかにも興味深い物を見つける可能性もありますが、タイプライターをお持ちなら、使わせてもらいますよ。タイプライターを見つけたら、それで試し打ちするように指示してあります。打つ内容も指示しました。『エドウィン・レイドローがフェイス・アッシャーの赤ん坊の父親であることにまだ気づかないのか？　一九五六年八月のカナダ旅行のことを彼に訊くといい』と。彼はその文章をタイプで打って持ってきます。笑っておられますね。面白いですか？　タイプライターは持っていないと？」

「タイプライターくらい持ってるさ。笑ってるって？」またもや笑った。ポーカーフェイスの笑いだ。「あんたに笑ってるんだ。いきなりレイドローを巻き込むからさ。ぼくにはなんのことかわからないが、あんたにはわかるんだろうよ」

「彼を巻き込んだのは私ではありません」とウルフは言った。「別の人間です。警察は、今引用した無署名のタイプ打ちの手紙を受け取りました。お笑いになったのは失敗ですね。とんだ過ちだ。面白いわけがないから、喜んだわけだ。なぜか？　持っているのが事実なら、タイプライターを持っていないからではない。推測を試みましょう。キャザー氏があなたの機械でタイプしたサンプルを持ってくるのが面白いのは、その機械が無関係だと知っているからであり、無関係だと知っているのは、実際に使われた機械がどこにあるかを知っているからでは？　調べる価値がありますね。残念ながら、明日は日曜日なので、待たなくてはならない。月曜日の朝になったら、グッドウィン氏、パンザー氏、キャザー氏が、機械が容易かつごく普通に利用できる場所——たとえば、あなたのクラブ——を訪ねるでしょう。もう一つは、あなたが貸金庫を持っている銀行の金庫室だ。アーチー、君は私の貸金庫に定期的に通っている。金庫室の顧客がタイプライターを使わせてくれと頼むのは異例のことかな？」

「異例？」ぼくはかぶりを振った。「いえ」

「ならば、それも一つの可能性だ。月曜日まで待たなくてはならないのはなんら惜しくはありません」彼はバインに言った。「課題があるからです。機械から収集したサンプルは、警察に届いた手紙と比較する必要があるし、手紙は警察の手元にあります。そんなことはしたくありませんが、ほかに方法はありません。少なくとも、私の推測が正しければ、手紙の送り主が明らかになり、手がかりとなるでしょう。警察に行くという脅しではありませんよ。そうせざるを得ないのです」

「勝手に漁るんじゃねえ」とバインは歯を食いしばって言った。

ウルフは眉をつり上げた。「推測が当たったようだ。金庫室の機械ですね？」

バインはくるっとアッシャー夫人のほうを向いた。「席を外してくれ、エレイン。この男と話したい」

第十四章

オースティン・バインはぎこちなく背筋を伸ばした。ソールがアッシャー夫人を応接室へと案内し、彼女にそのまま付き添うと、ぼくはディンキーに、赤革の椅子のほうが快適だろうと言ったが、ぼくを見る様子からすると、「快適」の意味を忘れてしまったようだ。

「あんたの勝ちだ」と彼はウルフに言った。「ならばぶちまけよう。どこから話せばいい？」

ウルフは椅子の背にもたれ、肘掛けに肘を載せ、両の掌を合わせた。「まず、一、二点、明らかにしましょう。レイドローに関する手紙を警察に送ったのはなぜですか？」

「送ったとは言ってない」

「ふん」ウルフは嫌悪を露わにした。「渡したか否かしかありませんよ。一滴ずつ絞り出すようなことをするつもりはありません。なぜ送ったのですか？」

バインは絞り出さないと言えなかった。唇を開きたくない様子だ。「なぜなら」とようやく口にした。「警察は捜査を続行中だったし、なにを探り出すかわからなかった。ぼくがフェイスの母親を知っていることや、ぼくの——合意書のことを探り出すかもしれない。ぼくはフェイスが自殺だったと思っていたし、今もそう思ってるが、殺されたのなら、犯人はレイドローだと考えて、彼とフェイスの関係を警察に知らせたかったんだ」

「なぜ犯人は彼だと？　それはあなたのでっち上げでは？　彼とミス・アッシャーの関係にしても？」

「でっち上げじゃない。当然だが、フェイスから目を離さなかったんだ。つきまとったわけじゃなく、目を離さなかっただけさ。レイドローと一緒にいるのを二度目にしたし、カナダへ出発した日、フェイスが彼の車の中にいるのを見た。友人が彼からグリーティングカードをもらっていたから、カナダに行くのは知ってたんだ。でっち上げるまでもなかったのさ」

ウルフは唸った。「バインさん、あなたのお話はすべて疑惑の対象となることはお気づきでしょう。レイドローとミス・アッシャーが実際に親密だったことをご存じだったと仮定すると、なぜ彼女を殺したのはレイドローだと推測したのですか？　ミス・アッシャーが彼を脅迫していたと？」

「知る限りじゃそれはない。彼女を殺す動機が彼にあったとしても、ぼくにはわからなかった。だが、その夜、現場にいた連中の中で、彼女と関係があったのはレイドローだけだ」

「いや。あなたも関係があった」

「馬鹿な。ぼくは現場にいなかった！」

「そのとおりですが、現場にいた人たちも機会がなかったと申し立てることができます。彼らが説明した状況によると、シャンパンに毒を入れ、そのグラスが確実にミス・アッシャーの手に渡るようにできた者は誰もいなかった。関係者の中で動機があるのはあなただけです。それも、つまらぬ動機ではない。年間収入が非課税で二万七千ドル以上増えるのは魅力的な展望ですな。私があなたの立場であれば、その合意書の存在を地方検事に悟られぬためなら手段を選ばないでしょう」

「そうだな。あんたが話を続けるあいだ、おとなしくしてるよ」

「けっこうです」ウルフは掌を見つめると、椅子の肘掛けに載せた。「さて、ミス・アッシャーが毒の入った瓶を持っていたのはご存じでしたか?」

ためらいは見せなかった。「持ってると言ってたのは知ってた。見たことはない。彼女の母親が教えてくれたし、グランサム・ハウスのアーウィン夫人もその話をしてくれたことがある」

「どんな毒か知っていましたか?」

「いや」

「アッシャー夫人が別名でホテルの部屋に籠るのは、彼女自身のアイデアですか、それともあなたの提案ですか?」

「どちらでもない。つまり、憶えてない。木曜——いや、水曜だ——彼女が電話してきて、そうしようと二人で決めたんだ。どっちが提案したかは憶えてない」

「今夜の待ち合わせを提案したのは?」

「彼女だ。今朝、電話してきた。それは話しただろ」

「彼女はなにを求めてきたと?」

「フェイスが死んだので、支払いをどうするつもりか知りたがっていた。合意書から、それがぼくの判断に委ねられていることを知ってたんだ。当面は半分の額を送ると伝えたよ」

「彼女は、送られた金を娘の支援のために使っていましたか?」

「そうは思わない。ここ四、五年はね。だが、夫人のせいじゃない。フェイスは母親からなにも受け取ろうとしなかった。一緒に住もうともしなかった。二人は不仲だったんだ。アッシャー夫人はとても——型破りな人でね。フェイスは十六歳で家を出て、ぼくらは一年以上も彼女の所在を知らなかった。ぼくがフェイスを見つけたとき、レストランで働いていた。ウェイトレスだった」

「それでも、アッシャー夫人に全額支払い続けていたのですね?」

「ああ」

「その基金は監査も受けずにあなたが保有し、管理しているのですか?」

「そうさ」

「監査を受けたことはないと?」

「当たり前だろ。誰が監査するんだ?」

「なんとも言えませんな。私が選ぶ会計士が監査を行うことにご異議はありますか? 私が合意書の内容を知った今となってはね」

「当然、異議を唱えるさ。その基金はぼくの財産だし、アッシャー夫人に取り分を支払う限り、誰に対しても説明責任はない」

「その合意書を見せてもらわなくては」ウルフは口を歪め、ゆっくりと首を横に振った。「死がすべての終わりとなることを回避するのはきわめて困難だ」と言った。「グランサム氏の試みは大胆でしたが、蛆虫に食い物にされてもまだ秘密を守りたいという高慢な欲望のせいで台無しになった。彼はあなたとアッシャー夫人がそれぞれ相手の意志の弱さや不正行為から守られるように配慮したが、あなた方が協力して彼の信望に反旗を翻してはどうにもならない。それを防ぐことはできなかった」ウルフは手を上げて払いのける仕草をした。「死に打ち勝ちたいという欲望はどんな人間をも愚か者にする。その合意書を見せてもらわなくては。だが、まだ問題がいくつか残っています。あなたはグッドウィン氏に、ミス・アッシャーを例のパーティーに招いたのはたまたまだったと説明しましたが、もはやそれは通りませんね。なぜそんな説明を?」

「むろん、そう訊かれると思ってたからさ」とバインは言った。

「ならば、答えを考える時間もあったわけですね」

「考えるまでもない。ぼくは馬鹿だった。アーウィン夫人から名簿をもらって、フェイスの名前があるのを見たとき――そう、名簿にあった。フェイスを伯母の屋敷にゲストとして招くというアイデアに――魅了されたんだ。ロビロッティ夫人は義理の伯母でしかない。母はアルバート・グランサムの妹だった。フェイスを伯母のテーブルに座らせるというアイデアは確かに面白かった。それから――」

言葉が途切れ、ウルフが促した。「それから?」

「レイドローも呼ぼうという別のアイデアが浮かんだ。自分が馬鹿だったのはわかってるが、その話は本当だ。レイドローがパーティーでフェイスを目にし、フェイスも彼を目にする。もちろん、伯母がフェイスを名簿から抹消してアーウィン夫人に伝えることもあり得るし――」いったん口をつぐんだが、すぐに話を続けた。「つまり、フェイスがどうするかもわからない。彼女が断ったとしても、レイドローは彼女が招かれていたことは知らないから、なんの問題も起きない。そこで、伯母にレイドローを招待するよう提案して、結果そうなったんだ」

「ミス・アッシャーは、アルバート・グランサムが自分の父親だと知っていたのですか?」

「まさか。彼女は、父親は自分が生まれる前に亡くなったアッシャーという名の男だと思っていた」

「彼女は、あなたが母親の収入源だということを知っていましたか?」

「いや。もしかすると――いや、そんなはずはない。彼女は母親が友人たちから金を得ているのではと疑っていた。知り合いの男たちからね。フェイスが母親から去った理由はそれさ。フェイスをパーティーの招待客に選び、レイドローを推薦したことはあとで不安になった。なにかが起きるかもと気づいた。少なくともフェイスは彼を目にしたら帰るかもしれないし、もっとまずいことが起きるかもしれない。居合わせたくなかったから、代わりに誰かに行ってもらおうと決めた。最初に頼んだ四、五人は駄目だったから、アーチー・グッドウィンのことを思い出したんだ」

ウルフは椅子の背にもたれ、目を閉じた。唇が動きはじめた。唇を突き出しては戻し、突き出しては戻し、突き出しては戻し……。遅かれ早かれ、常にこの動きをする。「天才は仕事中」という看板を作って、彼がこの動きをはじめたら机の上に置きたいところだ。いつもは、天才が考えていることがなにか、なんとなくわかるのだが、そのときはさっぱりわからなかった。彼は、たとえば、レイドローを狙うよう警察をけしかけたのが誰か、フェイスとレイドローがともにパーティーに招待されたのはなぜか、といった藪は切り払った。だが、検討すべきことは一つだけ。すなわち、フェイス・アッシャーを殺すまっとうな動機を持っていた人物をついに見つけたが、バインは、自分でも強調しているように、そもそもパーティーに居合わせなかったということだ。もちろん、天才は、バインがどうやって遠隔操作でシャンパンに毒を入れたのかを解明中という可能性もあるが、ぼくにはそうは思えなかった。

ウルフは目を開け、ディンキーを見据え、「月曜日まで待つつもりはありません」と言った。「今の時点ですべてを解明できないのなら、永遠にできない。あなたが口にした、あるいは少なくともほのめかした一点が手がかりですね。今、その点を尋ねても、嘘でごまかすだけでしょうから、尋ねるつもりはありません。核心的な問いに挑むときが来ました。つまり、何者かがフェイス・アッシャーを殺そうとしたのなら、いかにして実行したのか？」彼はこっちを向いた。「アーチー、クレイマー氏を呼んでくれ」

「駄目だ！」バインは立ち上がった。「くそっ、ぼくが白状したあとで――」

ぼくは受話器を手にしていたが、バインが来て、ぼくを押しのけて受話器に手を伸ばした。ウルフの激しい声が彼を振り向かせた。「バインさん！　痛い思いもしていないのにわめくものではない。あなたは私の家にいるのだし、逃しはしませんよ。パンザー氏を呼びましょうか？」

その必要はなかった。ディンキーは一歩下がり、ダイヤルする余地を少しだけ与えてくれたが、すぐに飛びかかれるようにそばにいた。土曜の夜十時二十分にクレイマー警視を呼び出そうとしても、あっさりすぐに出ることもあるが、ほぼ無理なこともある。そのときは運がよかった。彼は二十丁目の殺人課にいて、少し待つと電話に出て、ウルフが電話を替わった。クレイマーは唸り声で挨拶し、ウルフは三分ほど時間をほしいと言った。

「我慢するさ」とクレイマーは言った。「それで？」

「フェイス・アッシャーのことです。私は耐え難いほど悩まされている。たとえば、昨日です。午前中、例の男四人が押しかけてきた。午後はあなたが乗り込んできた。夜には、グッドウィン氏と私は、ロビロッティ夫人の屋敷にグッドウィン氏を呼び出す電話に煩わされた。彼が行ってみると、そこにはスキナー氏がいて、彼は――」

「本部長のことか？」

「ええ。彼は非公式でオフレコの話だと言い、腹立たしい提案をしました。グッドウィン氏から聞いています。彼はあなたの上司であり、あなたはおそらくそのことを知らなかったでしょうから、文句を言うつもりはありませんが」

「知らなかったな」

「だが、私にとってはもう一つの悩みの種でした。もうたくさんですね。この件を終わらせたい。この騒ぎは、グッドウィン氏が目撃者として、フェイス・アッシャーは自殺ではないと確信したことが原因です。この点に関しては、私はみずから判断するつもりです。彼の主張が間違っていると判断したなら、彼に話をつけます。正しいと判断したなら、その理由は、あなたが見逃している証拠を私が見つけたからです。私の意図をお知らせしたのは、調査を進めるためには関係者全員に会わなければならないからです。彼らを事務所に呼ばなくてはならない。あなたにもそのことを知っておいてもらいたいのです。それと、あなたも同席なさりたいのではと思いましてね。それなら歓迎ですが、その場合は、あなたが彼らをここに連れてきてください。面談のために人々を事務所に呼んでおいて、そのあと、警視と鉢合わせさせるつもりはありません。明日の午前十一時なら都合がいいのですが」

クレイマーは「うぬぬ」といった音を立てると、言葉を見出した。「すると、なにか目星をつけたんだな。それはなんだ?」

「目星をつけているのはほかの人々ですよ。私に対してね。私は悩まされている。状況はまさにご説明したとおりで、それ以上付け加えることはありません」

「無理だな。明日は日曜だぞ」

「そうです。三人は仕事を持つ娘なので、ちょうどいいでしょう」

「全員に来いと?」

「そうです」

「その中の誰か、今そこにいるのか?」

「いません」

「スキナー本部長も来させるのか？」

「いえ」

「一時間後に折り返す」

「駄目です」とウルフは異議を唱えた。「彼らを呼ぶのなら、すぐにはじめなくては。それに、今日はもう遅い」

それだけじゃない。一時間もやれば、おそらくクレイマーは十分ほどでやってきて、中に入れろと言うのは請け合いだ。どのみち、クレイマーにすれば受け入れるのは簡単だったし、さらにくだらない質問をいくつかすると、彼は承諾した。

電話を切ると、ウルフは、椅子に再び座ったバインのほうを向き、「さて、あなたとアッシャー夫人ですが」と言った。「あなた方に誰かと連絡を取らせるつもりはありません。阻止する方法は一つだけです。夫人にはここに泊まってもらいます。素敵なベッドのある予備の部屋がありますよ。男ばかりの所帯ですが、ご心配は要りません。あなたには別の部屋を使っていただいてもいいし、ご希望なら、パンザー氏が家までお送りし、そこで休んでもらい、朝、ここにお連れします。クレイマー氏は十一時にほかの方々をここに集めるでしょう」

「地獄に落ちろ」とバインは言い、立ち上がった。「アッシャー夫人をホテルまで送る」

ウルフはかぶりを振った。「混乱しているのはわかりますが、それは許されないとご承知のはずです。塀に穿った穴を修繕させる機会は与えませんよ。逃げ出せば、すぐに手を打ちます。塀がまったく残っていないことに気づくことになるでしょう。私が寛大であればこそ、あなたは損害を受けることなくこの混乱から抜け出せるし、それもご存じのはずだ。アーチー、ソールとアッシャー夫人を連れてきてくれ――いや、まずバイン氏のアパートに電話して、オリーに来るよう伝えてくれ。それと、合意書が見つからなくても落胆しなくていい、そこにはない、と。なにか重要そうなものを見つけたら、持ってきてもらえばいい」

「勝手に漁るんじゃねえ」ディンキーは同じことを繰り返しただけだ。

ぼくは電話に手を伸ばした。

第十五章

日曜の朝、フリッツとぼくはビーヴァーがダムを造るように舞台セッティングの仕事をした。そのアイデア――つまり、ウルフのアイデア――とは、犯罪の現場をできるだけ忠実に再現することだが、実に馬鹿げたアイデアだ。ロビロッティ夫人の客間はこの事務所の七、八倍はあるのだから。地球儀と長椅子とテレビ台のほか、物品をいくつか食堂に運んで少しはましになったが、それでも無理だった。上の植物室に行って、ウルフにそのことを伝え、場面の再現が彼の計画に不可欠なら、仕事では家を出ないというルールを破って、アップタウンのロビロッティ夫人の屋敷に公演の場を移すべきだと言いたかったが、フリッツに止められた。椅子を十四脚用意するのに、何脚か上から運び降ろさなければならなかったが、あとになって、うち何脚かは不要だとわかった。バーは奥の隅に置いたテーブルにしたが、背後にハケットのいるスペースが必要なので壁際には置けなかった。ささやかな満足は、赤革の椅子がほかのものと一緒に食堂に運び込まれてしまったことで、クレイマーは気に食わないだろう。

家具の移動だけではすまなかった。アッシャー夫人は南の部屋から内線電話を何度も鳴らし、コーヒーをくれとか、十分置いてあるのに、タオルをくれとか、ぼくが持っていった日曜版の新聞から切り抜かれている記事をくれとか、彼女のためにドラッグストアに買いにいく品目をもっと増やしてくれと言った。十時十五分にオースティン・バインがソールに付き添われて来ると、すぐにウルフと二人だけで話したいと要求した。つきまとう彼を引き離すため、ソールに彼を三階上の植物室の前室まで連れていかせたが、ドアは鍵がかかっていた。そのあと、バインがアッシャー夫人を見つけようと、上階の部屋のドアを次々と開けたがったため、ソールは力ずくで止めなくてはならなかった。

十時四十分に呼び鈴が鳴り、クレイマー警視が玄関口に来ているとわかると、また騒ぎ立てるのかと思ったが、彼が早めに来たのはウルフが目当てではなかった。警視はロビロッティ夫人がもう来ているか尋ねただけで、ぼくがノーと答えると中には入らなかった。理論上は、民主主義社会では、警視は五番街の豪邸に住む奥様にも未婚の母にも同等に対応すべきだが、仕事は仕事、事実は事実であり、本部長自身が豪邸までわざわざ出向いたのも事実だ。だから、ぼくはクレイマーが歩道に待機してロビロッティのリムジンを出迎えることに目くじらは立てなかった。警視はどのみち、パーリー・ステビンズ巡査部長がパトカーで三人の未婚の母たちと一緒に到着すると、歩道で彼らを出迎えた。三人の騎士、ポール・シュスター、ビヴァリー・ケント、エドウィン・レイドローは各自ばらばらにやってきた。

ぼくはある楽しみを心に秘めていたので、クレイマーのワンマン歓迎委員会にその邪魔をさせるつもりはなかった。リムジンが数分遅れでようやく道路脇に停まると、警視はロビロッティ夫人が玄関口の石段を上がるのに付き添い、そのあとに、夫、息子、娘、執事が続いた。ぼくはドアを開けて押さえ、彼らを迎え入れると、あとはフリッツに任せた。ぼくの目当ては最後に入ったハケットだった。彼が敷居をまたぐと、ぼくはまさに然るべきマナーで彼のコートと帽子を受け取るべく手を差し出した。

「おはようございます」とぼくは言った。「よいお日柄で。ウルフ氏はじきに降りてまいります」

彼は驚いた。ほかの人たちをちらりと見て、誰も自分を見ていないのを確かめると、ぼくに帽子を渡し、「お見事。ありがとう、グッドウィン」と言った。

仕事としてはともかく、ぼく個人としてはこれで最高の一日になった。彼を事務所に案内したあと、厨房に入ると、植物室に内線電話をかけ、ウルフに役者たちが揃ったと伝えた。

「アッシャー夫人は?」と彼は訊いた。

「大丈夫です。部屋にいますよ。外には出させません」

「バイン氏は?」

「そっちも大丈夫です。ほかの連中と事務所にいますよ。ソールがくっついてます」

「よし。今から降りる」

ぼくも行って群れに加わった。彼らはあちこちに散らばり、座っている者もいれば立ったままの者もいた。赤革の椅子がないのに気づいたクレイマーが、その正確な位置に黄色い椅子の一つを持ってきてロビロッティ夫人を座らせ、その椅子の横で夫人に身をかがめているのを目にして、ぼくは内心ほくそ笑んだ。ぼくが机のほうに向かうと、エレベーターの音が聞こえ、すぐにウルフが入ってきた。名前を告げる必要はなかった。宝石探しのときにロビロッティ夫妻、グランサムの双子、ハケットに会っていたからだ。ウルフは自分の机まで来ると、みなを見まわしてから座った。彼はクレイマーのほうを見た。

「この集まりの目的は説明なさいましたか、クレイマーさん?」

「ああ。君はグッドウィンが間違っているのか、正しいのかを明らかにする予定だと」

「『明らかにする』とは言っていません。みずから判断し、結果によっては彼に話をつけると言ったのです」彼は聴衆を見まわした。「皆さん。長くお引き留めするつもりはありません――少なくとも、皆さんの大半は。皆さんに勧告することもありませんし、質問することもありません。グッドウィン氏の目撃者としての能力を判断するには、私自身が見る必要があります。彼が見たとおりではありません。この部屋は狭すぎますので。しかし、それに近づけてあります。先週の火曜日の夜とまったく同じ位置にいていただくとか、その場面を完全に忠実に再現することはできませんが、最善を尽くします。アーチー？」

ぼくは自分の椅子のことは舞台監督に任せた。ロビロッティ夫人と夫のロバートが一番尻込みしそうだと思い、彼らを最後にした。まず、ハケットをバーのカウンターであるテーブルの背後に配置させ、レイドローとヘレン・ヤーミスをその端に行かせた。次に、ローズ・タトルとビヴァリー・ケントを地球儀があった場所に置いた椅子に座らせた。次に、シリア・グランサムとポール・シュスターをウルフの机の右側の壁際に移動させ、彼女を座らせ、彼はそのまま立たせた。次に、廊下に出るドアのそばの椅子にソール・パンザーを座らせ、観客にこう言った。「こちらのパンザー氏はフェイス・アッシャーです。距離は違うし、ほかの方々もそうですが、相対的な位置はほぼ合っています」それから、金庫の右側の椅子の上に灰皿を置き、こう言った。「これはフェイス・アッシャーのバッグで、毒の瓶が入っています」手配が整い、ロビロッティ夫人と夫にバーのカウンターの前に行ってくれと言っても夫人が抗議するとは思わなかったし、実際しなかった。

エセル・ヴァーとぼくを別にすれば、これですべてだ。彼女をぼくの机のそばに立たせ、ウルフに「準備完了です」と言った。

「ミス・タトルとぼくはもっと遠くにいたぞ」とビヴァリー・ケントは異議を唱えた。

「そうです」とウルフは頷いた。「まったく同じであることは想定していません。さて」彼はバーにいる人々を見つめた。「ハケットさん、グランサム氏が自分とミス・アッシャーのシャンパンを取りにバーのカウンターに来たとき、二つのグラスは既に置いてあったとのことです。グラスの一つは数分前に、もう一つは彼が来る直前に、あなたがシャンパンを注いだと。そのとおりですか?」

「はい」ハケットは廊下での鞘当てから完全に立ち直り、本来の役柄に戻っていた。「警察には、グラスの一つは三、四分ほどそこに置いてあったとお伝えしました」

「ここでグラスにシャンパンを注いで、その位置に置いてください」

テーブルの上にあるクーラーの中の瓶はシャンパンで、それも上等なシャンパンだ。ウルフがそれにしろと言ったのだ。フリッツは二本開けていた。シャンパンを注ぐのは見ていていつも楽しいが、クーラーから瓶を取り出してグラスに注ぐハケットほど、観客の目を引く注ぎ手はいないだろう。

「瓶を離さないでください」とウルフは指示した。「私が狙いを説明してから、次の動きに移ってください。さまざまな角度から観察したいのです。あなたはもう一杯注ぎ、グランサム氏は二つのグラスを取りに来て、パンザー氏——つまり、ミス・アッシャーのところへ持っていってください。グランサム氏はグラスの一つをパンザー氏に渡し、グッドウィン氏はそこにいて、もう一つのグラスを受け取ってください。そのあいだに、あなたはさらに二つのグラスに注ぎ、グランサム氏はグラスを取りに来て、ミス・タトルのところへ持っていき、一つを彼女に渡してください。再びグッドウィン氏はそこにいて、もう一つのグラスを受け取ってください。ミス・ヴァーとミス・グランサムにも同じことをしてください。ミス・ヤーミスとロビロッティ夫人にはなにもしないでください。お二人はバーのカウンターにいるからです。こうして私はあらゆる角度から観察することができます。よろしいですか、ハケットさん？」

「はい」

「よくわからないな」とセシルは言った。「どういうことだ？　ぼくはそんなことはしなかった。グラスを二つ取って、一つをミス・アッシャーに渡しただけだ」

「わかっています」とウルフは言った。「申し上げたように、さまざまな角度から観察したいのです。なんなら、パンザー氏に別の位置に移ってもらってもかまいませんが、このほうが簡単です。ご協力をお願いしているだけですよ。私の要求は実行困難ですか？」

「実にいかれた要求だ。まあ、ぼくの見るところ、なにもかもがいかれてるし、演技をし終えたときに自分のグラスをちゃんと手にしてるんなら、そのくらいはどうってことはない」彼は移動すると振り返った。「どんな順序でやるか、もう一度言ってくれるか？」

「順序は重要ではありません。パンザー氏にグラスを渡したあと、ミス・タトル、ミス・ヴァー、ミス・グランサムにはお好きな順序で渡してけっこうです」

「よし。注げよ、ハケット。やるぞ」

劇がはじまった。実にいかれた劇だ。特にぼくの役は。ハケットがグラスに注ぎ、セシルが運び、娘たちが受け取る――特におかしなことはない。だが、ぼくが二つ目のグラスを受け取りに行き、そのグラスをどこかに置いたら、間に合うように次の場所に行って待機し、セシルが来たら次のグラスを受け取る――長年、ウルフの指示でやってきた雑用の中でも、これは極めつけだ。四つ目の最後のグラスは、シリア・グランサムに渡すグラスで、彼女はウルフの机の右側の壁際にいた。セシルは違反行為をやった。妹にグラスを渡すと、ぼくが差し出した手を無視して、自分のグラスを掲げ、「犯罪に乾杯」と言い、一口飲んだ。グラスを下ろすと、「この程度でぶち壊しにはならないだろ」とウルフに言った。

「悪趣味だわ」とシリアが言った。

「わざとさ」と彼は言い返した。「なにもかもが最初から悪趣味だろ」

ウルフは、背筋を伸ばして演技を見ていたが、肩の力を抜くと、「ぶち壊しではありません」と言った。彼はみなを見まわした。「ご意見を伺いたいですな。なにか注目に値する点に気づいた方はおられますか？」

「注目に値するかどうかはわからないが」と弁護士のポール・シュスターが言った。「この見世物はいかなる結論の根拠にもならない。条件が同じじゃない」

「そうは思いません」とウルフは異議を述べた。「結論の根拠は得ました。それも、狙いとした結論の根拠を。その根拠には傍証が必要ですが、それがなにかは話そうとは思いません。皆さんにお訊きしたい。グランサム氏の演技でなにか目についたことはありますか？」

廊下に続く戸口から唸り声が聞こえた。パーリー・ステビンズ巡査部長が敷居の上に立っていた。その大きな体は長方形の戸口の半分を占めていた。「結論はわからないが」と言った。「彼がグラスを毎回同じように運んでいたことに気づいた。右手のグラスは、親指と二本の指でボウルを持ち、左手のグラスは、それより下げてステムを持っていた。右手のグラスはそのまま持ち、左手のグラスを相手に渡していた。毎回そうだった」

ウルフがパーリーを無条件の賞賛の目で見るのは初めて目にした。「ありがとう、ステビンズさん」とウルフは言った。「あなたは目があるだけでなく、目がなんのためにあるのかもご存じだ。彼の説明を支持する方はおられますか？」

「支持します」とソール・パンザーが言った。「そのとおりですね」彼はまだセシルから渡されたグラスを持っていた。

「あなたは、クレイマーさん？」

「保留だ」クレイマーは目を細めて彼を見つめていた。「あんたの結論とは？」

「自明なことです」ウルフは片手を裏返した。「私が根拠を得たいと望んだ結論とは、グランサム氏の癖をよく知っていて、しかも、彼がグラスを手に取って持っていくところを見た者であれば、彼がどちらのグラスをミス・アッシャーに渡すかわかるはずだということです。根拠は得ました。ステビンズ氏とパンザー氏という二人の有能な証人もいます」彼は振り向いた。「以上です、皆さん。お残りいただきたいのは、ロビロッティ夫人、バイン氏、レイドロー氏のみです――ロビロッティ氏も、残りたいとおっしゃるなら受け入れましょう。ほかの皆さんはお帰りください。この実演には皆さんの協力が必要でした。お越しいただきありがとうございます。もっと楽しい機会にシャンパンをお出しできたらと思います」

「もう帰れって言うの？」ローズ・タトルが声を上げた。「私は残りたいわ」

顔の大半を見る限り、ほかの人々も同じだったが、レイドローと一緒にバーのそばに立っていたヘレン・ヤーミスは別だった。彼女はぼくの机のそばに立っていたエセル・ヴァーに、「行きましょう、エセル」と言い、二人はドアに向かった。セシルはグラスを飲み干すと、ウルフの机の上に置き、残ると告げた。シリアも残ると言った。外交官のビヴァリー・ケントは、隣に座っていたローズ・タトルを巧みに扱い、職業の選択が正しかったことを示した。ローズは彼に付き添われて出ていった。ポール・シュスターは、ウルフと言い争う双子の話を聞こうと一瞬近づいたが、踵を返して出ていった。クレイマーが夫と一緒にバーにいるロビロッティ夫人のところへ行こうとするのを見て、ぼくはハケットがそこにおらず、そもそもどこにもいないのに気づいた。彼はぼくが気づかぬうちに出ていったのだ。探偵が執事に敵わないというもう一つの証拠だ。

双子との言い争いを制したのはロビロッティ夫人だ。彼女はウルフの机の前に来て、クレイマーと夫もあとに続いた。夫人は双子に帰るように言うと、夫のほうを向いて彼にも帰るように言った。つり上がった眉の下にある淡いグレーの目は、氷の色合いを持つ小さな円だ。夫人が目を向けたのはシリアだ。

「この男には教訓が必要なの」と夫人は言った。「私が教えてやるわ。あなたの助けを必要としたことはないし、今だってそう。あなたは馬鹿を演じてるのよ。私一人でやるほうがましだし、この件も一人でやるわ」

シリアは口を開き、また閉じた。振り向いてレイドローのほうを見ると出ていった。セシルもあとに続いた。ロビロッティは、しゃべりはじめたとたん、淡いグレーの目に睨まれ、洗練された教養あるイタリア人らしく肩をすくめると、出ていった。夫人は、戸口に行く夫を見送ると、到着時にクレイマーが彼女のために置いてくれた椅子まで行って座り、ウルフを見据えて話しはじめた。

「残ってくれというお話でしたね。それで?」

ウルフは礼儀正しく言った。「少々お待ちください、奥様。もう一人来る予定です。男の方々は、お座りいただけますか？　アーチー？」

ソールは既にフェイス・アッシャーの椅子に座り、シャンパンを口にしていた。レイドロー、バイン、クレイマー、ステビンズの四人には勝手に椅子に座るに任せ、ぼくは廊下に出て二階上の南の部屋に行った。ドアをノックすると、入るよう言われたので中に入った。
エレイン・アッシャーは、窓際の椅子に座り、床の上には日曜版の新聞記事の切り抜きが散らかっていた。ぼくに意地悪そうな目を向けた。

「さて」とぼくは言った。「出番ですよ」

「やっとね」彼女は足元の新聞記事を蹴り飛ばして立ち上がった。「どなたがいるの?」

「予定どおりですよ。ウルフ氏、バイン、レイドロー、パンザー、クレイマー警視、ステビンズ巡査部長、ロビロッティ夫人です。夫人は夫を帰しました。あなたを夫人のところにお連れします」

「わかってます。なにが起きようと、楽しむつもりです。当然よ。髪がぐしゃぐしゃね。ちょっとお待ちになって」

彼女は洗面所に行き、ドアを閉めた。ウルフはロビロッティ夫人を落ち着かせるのに時間を食うだろうから、ぼくは焦らなかった。アッシャー夫人も時間がかかった。彼女が出てくると、髪は整い、唇は雄牛を興奮させる色だった。エレベーターのほうがいいか訊くと、答えはノーだったので、ぼくは彼女に続いて二階下まで降りた。事務所に入ると、ぼくは彼女に付き添った。

実に完璧で、リハーサルしたかと思えるほどだ。ぼくは彼女と一緒に、クレイマーとバインのあいだをすり抜け、振り向いてロビロッティ夫人と真正面から向き合うと、「ロビロッティ夫人。アッシャー夫人をご紹介します。フェイス・アッシャーのお母さんですよ」と言った。アッシャー夫人はお辞儀をし、握手の手を差し出すと、「はじめまして。お会いできて嬉しいですわ」と言った。ロビロッティ夫人は一瞬見つめると、手を挙げ、アッシャー夫人の顔を平手打ちした。完璧だ。

第十六章

このご対面の演出がうまくいかなかったら――ロビロッティ夫人が機転の利く辛抱強い女で、アッシャー夫人の差し出した手を握り、プロトコールに従って対応していたら、ウルフが事態を打開し得たかどうかはよくわからない。ウルフは、自分なら打開したし、それは愚問だと言う。どのみちロビロッティ夫人の神経は既に張り詰めていたから、あの女がなんの予告もなく突然現れ、身をかがめて握手の手を差し出したら、ロビロッティ夫人は確実に彼女をぶちのめしただろう。

ぼくは平手打ちされないようアッシャー夫人を引っ張り戻さなかったが、実際はできたかも。だが、事が起きると、ぼくは動いた。そもそも彼女は家の客であり、家の主人に顎を蹴られ、ほかの客に顔を引っぱたかれては、ぼくらのもてなしも面目丸潰れだ。それに、彼女だって返礼しようとするかも。そこで、彼女の腕をつかみ、相手の手の届かないところに引っ張り戻すと、椅子から飛び出したクレイマーにぶつかった。ロビロッティ夫人はさっとうしろに引き、下唇を噛みしめながら、ぎこちなく座った。

「アッシャー夫人は君のそばに座らせたほうがいい」とウルフはぼくに言った。「奥様、拙宅であなたが受けた侮辱を遺憾に思います」彼は身振りで示した。「あちらはレイドロー氏。警察のクレイマー氏。同じく警察のステビンズ氏です。バイン氏はご存じですね」

ソールが持ってきた椅子まで彼女を連れていき、レイドローとぼくのあいだに座らせると、クレイマーは、「自分でお膳立てしておいて遺憾とはな」と言った。右側に向かって、「これは遺憾ですな、ロビロッティ夫人。私は関与しておりません」と言い、うしろのウルフに向かって、「さて、話を聞かせてもらおうか」と言った。

「既にご覧になったとおりですよ」とウルフは言った。「確かにお膳立てしたのは私です。アッシャー夫人が現れれば期待する反応を示すように、ロビロッティ夫人をわざとそそのかしたのです。その反応について論評する前に、レイドロー氏の同席についてご説明しなくてはなりません。彼に残るよう求めたのは、彼が正当な懸念を抱いているからです。ご存じのように、何者かが彼に関する意見を匿名の手紙で送りました。ですから、彼には真相に関する説明を聞く権利があります。バイン氏がここにいる理由はすぐに明らかになります。昨夜の彼の話から、ロビロッティ夫人が、フェイス・アッシャーの父親が元夫のアルバート・グランサムだと知っていたことがわかりました。しかしながら――」

「嘘だ」とバインは言った。「とんでもない嘘だ」

ウルフの口調が鋭くなった。「私は言葉を選んでいますよ、バインさん。あなたがそう話したとは言いませんが、あなたの話からその情報を得たのです。パーティーの招待客のことで、あなたは、『もちろん、伯母がフェイスを名簿から抹消してアーウィン夫人に伝えることもあり得るし――』と言われたが、うっかり口を滑らせたことに気づいて口をつぐんだ。私がなにも言わなかったので、意に留めなかったと思われたようだが、それは違う。問いただそうとすれば、あなたはその意味合いを否定して逃げただけでしょう。さて――」

「意味合いなどない！」

「馬鹿馬鹿しい。なぜ夫人がフェイスを『名簿から抹消』する必要があるのか？　なぜミス・アッシャーを屋敷に招いてはならないのか？　考えられる説明はいろいろありますが、既知の事実から想定される説明は一つだけです。それは、夫人が前夫の実の娘をゲストとして迎えたくないということだ。フェイス・アッシャーがアルバート・グランサムの実の娘であり、あなたがその事実を知っていることを、私はちょうど知らされたばかりでした。だから、私はその意味合いを捉え、これを検証する手はずをしたのです。ロビロッティ夫人が、不意にフェイス・アッシャーの母親と対面し、握手を求めて手を差し出されて、その手を握り、なんのためらいも見せなければ、その意味合いは真実味を失う。私はロビロッティ夫人が尻込みすると予想したのですが、それは間違いでした。私もいつかは学ぶのかもしれませんが、女性がどんな行動に出るかは推測の域を出ません。夫人は尻込みするどころか、平手打ちをした。繰り返しますが、アッシャーさん、これは遺憾なことです。予想もしなかったのです」

「両立しない話だな」とバインは言った。「伯母はフェイス・アッシャーが元夫の実の娘だと知っていたから、彼女を屋敷に招きたくなかったと言うが、伯母は彼女を屋敷に招いた。伯母は彼女が招待客だと知った上で屋敷に来させたんだ」

ウルフは頷いた。「ええ。そこが重要な点ですね。その点こそ、あなたの伯母さんが彼女を殺したと考える主な理由です。ほかにも――」

「ちょっと待て」とクレイマーは声を上げ、振り返った。「ロビロッティ夫人、おわかりいただきたいのですが、この話はあなただけでなく、私にも衝撃です」

彼女は淡いグレーの目をウルフに向け、じっと見据えた。「まさか、こんな下劣なことをやれる男がいるとは思わなかった」と言った。「とんでもないわ」

「おっしゃるとおりです」とウルフは言った。「殺人は常にとんでもないものですよ。奥様、私は今、証人のいる前で判断を明らかにしました。私が間違っていれば、あなたに翻弄されてしまう。それは御免です。クレイマーさん。あなたは衝撃を受けている。私が説明するか、あなたが攻め立てるか、どちらをお望みですか？」

「どっちでもない」クレイマーは拳で膝を叩いた。「私はただ知りたいだけだ。フェイス・アッシャーがアルバート・グランサムの娘だという証拠はなんだ？」

「さて」ウルフは首を傾げた。「それは厄介な問題ですな。この件に関する私の唯一の関心は、フェイス・アッシャー殺害事件であり、無関係の人々に無用のトラブルをもたらすつもりはありません。たとえば、フェイス・アッシャーの死が、ある男にとって多額の金銭的利益を意味したという証拠がどこにあるか知っていますが、その男は現場にいなかったし、彼女を殺すこともできなかったので、必要な場合にだけその話をすることにします。ご質問にお答えしましょう。エレイン・アッシャー夫人とオースティン・バイン氏の二人の証言があります」彼の目が動いた。「バインさん、あなたは肝心なことを省きましたね。あなたの伯母さんはフェイス・アッシャーがアルバート・グランサムの娘であることを知っていましたか？」

ディンキーは顎を震わせた。左のアッシャー夫人を見たが、右の伯母のほうは見なかった。ウルフは明言した。彼が期待に応えれば、合意書とその場所のことをクレイマーには言わないと。彼が意を決したのは、おそらく、ロビロッティ夫人がアッシャー夫人を平手打ちしたことで、そのことは既にバレていたからだろう。

「ああ」と彼は言った。「伯母には話した」

「いつですか？」

「数か月前だ」

「なぜ？」

「なぜって――伯母が言ったことからさ。伯母は以前、伯父が死ぬ前にくれた金で暮らしてるぼくを寄生虫だと言ったんだ。その日、伯母がまた同じことを言ったから、頭に来て、伯父が金をくれたのは、ぼくから伯父の私生児の娘に仕送りをさせるためだったと伯母に言ったのさ。信じてくれなかったから、娘と母親の名前を言ったんだ。話したのはまずかったとあとで思い、伯母にもそう言って――」


爆発音のような音が伯母のほうから聞こえた。「この嘘つき」と彼女は、淡いグレーの目を憎しみできらめかせながら言った。「すました顔で嘘をつくのね。私を脅そうとしてそんな話をしたのよ。私からさらに何百万ドルも巻き上げるために。アルバートがあげた何百万ドルものお金でも足りなかったのよ。あなたは満足してなかった――」

「おやめなさい！」ウルフの声が鞭のようにピシリと響いた。彼はロビロッティ夫人を睨みつけていた。「あなたは生きるか死ぬかの瀬戸際にあるのですよ、奥様。あなたをお呼びしたのは私だし、私には責任があります。口を閉ざしたほうがよろしい。クレイマーさん。バイン氏からさらに話をお聞きしたいですか、それとも私から？」

「あんただ」クレイマーは衝撃で声がかすれていた。「ロビロッティ夫人はフェイス・アッシャーを意図的にパーティーに呼んで殺したとあんたは言う。間違いないか？」

「ええ」

「動機は、フェイス・アッシャーがアルバート・グランサムの私生児だと知っていたからだと？」

「かもしれません。夫人の性格や気質を考えれば、それだけでも十分な動機かも。だが、夫人自身がもう一つの動機をほのめかしました。甥がフェイス・アッシャーをだしに使って、彼女から大金を巻き上げようとしていた可能性もある。その点はお調べになったらいい」

「当然だな。あんたが演出したあの劇だが、そんなものでロビロッティ夫人が殺人を実行できたことを証明したと？」

「ええ。ご覧になりましたね。夫人は、カウンターに三、四分置いてあったグラスに毒を入れることができた。彼女はバーのカウンターにいました。誰かがそのグラスを取ろうとしたら、それは自分のグラスだと言えばよかった。息子が来て二つのグラスを取り上げたとき、毒の入ったグラスを右手に持ったら――当然、息子の癖は知っていた――彼が自分で飲んでしまうため、その場合も、それは自分のグラスだと言って、別のグラスを取るようにすればよかった。息子が毒の入ったグラスを左手で持つように渡すこともできたはずです。だが、夫人も息子もそのことを認めるとは思えないので、証明するのは無理でしょう。彼が毒の入ったグラスを左手に持ってバーから離れたそのとき、フェイス・アッシャーの運命は決まったのです。リスクはわずかしかなかった。椅子の上に載っていたミス・アッシャーのバッグには十分な量のシアン化物が入っていたからです。彼女は確実に自殺と推定される。実際、そう推定されました。グッドウィン氏が現場におらず、目を光らせていなければ、その推定が通ったことでしょう」

「ミス・アッシャーが毒を持っているとロビロッティ夫人に伝えたのは誰だ？　いつ？」

「わかりません」ウルフは身振りをした。「おやおや、そこまであなたのためにしてあげなくてはならないと？」

「いや、私が調べる。あんたは十分やってくれた。リスクはわずかしかなかったと言うが、夫人がミス・アッシャーのバッグを手に取り、瓶を取り出して毒をくすねるリスクはわずかじゃない」

「そんなことはしていませんよ。夫人はバッグに近づきもしなかったでしょう。複数の人々が知っていたように、夫人がミス・アッシャーの持ち歩く毒物がシアン化物だと知っていたのだとすれば、おそらくどこかでシアン化物を入手し、手元に持っていたのでしょう。入手するのは難しくありません。夫人が最近、シアン化物を入手したのか、調べてみてはいかがですかな。実際にシアン化物を入手したことが判明するのでは」ウルフはまた身振りをした。「あとは摘み取るだけの熟した果物をご提示しているわけではありませんよ。私は、グッドウィン氏が正しいか間違っているかをみずから判断しようとしただけです。私は納得しましたが、あなたは？」

クレイマーは無言だった。ロビロッティ夫人は既に立ち上がっていた。ぼくはそのとき、立ち上がったのは、夫人がシアン化物をどこかで入手した可能性があるとウルフが言ったせいだなと思った。数日後、その考えは正しかったと知った。パーリー・ステビンズから、夫人がシアン化物を入手した場所を突き止め、証拠も得たと聞いたからだ。ともあれ、夫人は立ち上がって歩みはじめだが、三歩で立ち止まるしかなかった。クレイマーとパーリーが二人して立ち塞がっていた。二人合わせて体重四百ポンド、幅四フィート以上だ。

「どいて」と彼女は言った。「帰るわ」

あの二人に同情するのは稀だが、そのときは、特にクレイマーに同情を覚えた。「そうはいきませんな」と彼はぶっきらぼうに言った。「質問に答えていただかなくては」

第十七章

一つだけ付け加えておく。フェイス・アッシャーの殺人犯が有罪判決を受けた翌日、ぼくが友だちと、今まで聞いた中で最もうぬぼれに満ちた言葉はなにかという話をしていたことを憶えておられるだろうか？　ちょうどその日、ぼくはチャーチルのメンズ・バーでエドウィン・レイドローを見かけ、善行を施してやろうと思った。それに、彼に送った請求書の金額は、文句も言わず即座に支払ってくれたものの、かなり高いと思っていたから、然るべき報いがあってもいいと思ったのだ。そこで、彼に近づき、挨拶を交わしたあと、善行を施すことにした。

「彼女の母親が殺人罪で裁判にかけられてるあいだは言いにくかったんだが」とぼくは言った。「今なら話せるよ。興味を持ってもらえるんじゃないかな。あの騒動の中のある日、シリア・グランサムと話をしてね。そしたら、彼女は君の名前を口にして、『いつか彼と結婚するかも。彼がとんでもない窮地に陥ったら、今すぐ結婚するわ』と言ったのさ。こんなことを教えるのも、君がダンスのレッスンを受ける気になってるんじゃないかと思ってね」

「受ける必要はないさ」と彼は言った。「いいやつだな。ありがとう。でも、ぼくらは来週結婚するんだ。目立たないようにね。裁判が終わるまで秘密にしてたのさ。一杯おごらせてくれ」

というわけ。善行も一足遅かった。

訳者あとがき

『シャンパンは死の香り』(Champagne for One：一九五八)は、ネロ・ウルフとアーチー・グッドウィンが登場するレックス・スタウトの長篇である。翻訳の底本には、米ヴァイキング社の初版を用い、米バンタム社のペーパーバック版を適宜参照した。

一　ウルフ、不可能犯罪に挑む

『シャンパンは死の香り』は、〈ネロ・ウルフ〉シリーズの長篇二十一作目にあたる。ウルフとアーチーのコンビの魅力で読ませるスタウトだが、謎解きとしてのプロットにさほど見るべきものがないせいか、本国アメリカでの人気の高さとは裏腹に、我が国での人気はいまひとつだ。

だが、本書では、ウルフは珍しく不可能犯罪の解決に挑む。未婚の母となった娘たちを支援するパーティーに招かれたアーチーは、ゲストの一人の娘が、シアン化物入りのシャンパンを飲んで絶命する場面を目撃する。娘はバッグにシアン化物の瓶を隠していて、自殺の際はこれを使うと公言していたため、警察は単なる自殺として処理しようとする。だが、事前にバッグの毒のことを知らされていたアーチーは、パーティーの場でその娘をずっと監視していた。アーチーは、娘はバッグから瓶を取り出してもいないし、シャンパンのグラスにもなにも入れていないと確信し、これは殺人だと断言する。だが、娘にそのグラスを渡した男は、カウンターにいくつも置いてあったグラスの中から自分とその娘のためのグラスを手に取っていた。カウンターに置いてあったグラスの一つに毒が入っていたとすれば、そのグラスが確実に被害者の娘の手に届くように仕組むことは不可能であり、両手にグラスを持ったままの男が、娘に持っていく途中で毒を入れるのも不可能だった。

被害者は誰でもかまわなかったとも考えられるが、死んだのがその娘であれば、彼女のバッグに毒の瓶が入っていた以上、自殺という結論が出るのはほぼ確実だったため、標的は明らかにその娘と思われた。

殺人だと断言する目撃者のアーチーも、「犯人、手段、動機についてはまったく見当もつかない」と告白する。

発端の謎の魅力が本格ファンにもアピールする、スタウトとしては珍しい作品であり、彼の作品の中でも、伝統的なフーダニット、ハウダニットを愛する読者にも入っていきやすい作品と言えるだろう。だが、その一方で、本書はいつものキャラクターの魅力だけでなく、謎解きとしてもスタウトの個性を遺憾なく発揮したプロットを備えた作品の一つと言える。その点については、あとでまた触れることにしよう。

二　時の試練に耐えて人気を保つアメリカ黄金期の巨匠

「おそらく、シャーロック・ホームズとエルキュール・ポワロ以後のミステリ小説における最も有名な私立探偵」（ランドン・バーンズ。The Oxford Companion to Crime & Mystery Writing［一九九九］のネロ・ウルフの項目より）という評のとおり、ネロ・ウルフは、英語圏においては、ホームズ、ポワロと並ぶ最もポピュラーな探偵小説の主人公と言っていい。

これを例証するのは、一九九四年に米《アームチェア・ディテクティヴ》誌が行った読者人気投票だ。作家では、スタウトが第一位（第二位はアガサ・クリスティ、第三位はアーサー・コナン・ドイル）、探偵では、ネロ・ウルフが第二位（第一位はホームズ、第三位はポワロ）という結果だった。

その人気は本国アメリカだけに留まらない。英国推理作家協会（ＣＷＡ）会員が選んだベスト一〇〇（Hatchards Crime Companion：一九九〇）では、ネロ・ウルフは、人気男性探偵の第八位に食い込んでいる。上位に並ぶ探偵の大半は英国作家の創造したキャラクターだが、ウルフは、第四位のフィリップ・マーロウとともに、英国においても根強い人気を得ているアメリカ産の探偵であることがわかる（もっとも、チャンドラーは英国人ではあるが）。

伝統的な謎解き探偵小説がなお健在な英国や我が国とは対照的に、アメリカでは戦後、謎解き探偵小説は衰退の一途を辿ってきた。ジョゼフ・グッドリッチは『エラリー・クイーン　創作の秘密』（二〇一二。邦訳は国書刊行会）において、ジョン・Ｌ・ブリーンを引用して、「フェアプレイに基づく古典的な推理の演習は女性作家とイギリスのものであり、それゆえ、クリスティー、セイヤーズ、マーシュ、アリンガム、その他の領域と見なされている。アメリカの探偵小説は、ハメットやチャンドラーやその一党の《ブラック・マスク》派の独擅場だと思われている」と述べている。英国では、探偵小説の代表的人気作家は、〈ビッグ４〉と呼ばれるアガサ・クリスティ、ドロシー・Ｌ・セイヤーズ、マージェリー・アリンガム、ナイオ・マーシュであり、一時は忘却されていた他の黄金期の謎解き作品も近年著しいリヴァイヴァルを享受している。

だが、アメリカでは、ハードボイルド、サスペンス、警察小説などが台頭する一方で、S・S・ヴァン・ダイン、エラリー・クイーン、アール・スタンリー・ガードナーなど、黄金期に一世を風靡した本格謎解きの作家たちは忘却される傾向にあり、マニア層をターゲットにした小規模な独立系出版社からの復刊で命脈を保っているのが現状である。実際、先に挙げた人気投票やベスト選などでも、我が国で人気の高いエラリー・クイーンはほぼ選外となっている。

かつてのアメリカ黄金期の巨匠たちの多くがこうして人気凋落の憂き目に遭う中、レックス・スタウトは、黄金期の作家の中でも時の試練に耐えて人気の高さを維持し続けているほぼ唯一の作家と言っていい。本国では、ローレン・D・エスルマン、アーロン・エルキンズ、ドナルド・E・ウェストレイク、スチュアート・カミンスキー、ディーン・R・クーンツ、ジョナサン・ケラーマン、ロバート・B・パーカー、マーガレット・マロン、ウォルター・モズリーなど、綺羅星の如き人気作家、研究者等が熱烈な愛読者として序文を寄せたペーパーバックが大手出版社から刊行されているのもその人気の高さを物語っている。

これはおそらく、我が国の多くの読者にとって大きなギャップを感じるところではないだろうか。我が国においては、スタウトとネロ・ウルフの人気は必ずしも高くないし、アメリカの黄金期における探偵小説の代表格は、依然としてエラリー・クイーンと見なされているからだ。

この彼我における人気の差異の原因は、我が国の探偵小説の読者層は伝統的なフーダニットやハウダニットを愛好する人が多いという点に求められるだろう。同じクイーンでも、本国では、人物描写やテーマ設定に成長の見られるライツヴィル期の作品の評価が高いのに対し、我が国では、ロジック展開に秀でた国名シリーズ期の作品やトリックの独創性が光るドルリー・レーンもののほうに人気があることも、こうした彼我の読者の視点の差異を物語っている。

このため、我が国の読者の多くは、スタウトの作品も、英国のジョン・ロードが創造したランスロット・プリーストリー博士のような「安楽椅子探偵」ものの謎解きとして捉え、アーチーやフリーランスの探偵たちが収集してくる情報を基に、作品のどこに手がかりや伏線があるかに目を凝らし、ウルフがどのように謎解きを行い、そこにどんなトリックが仕掛けられているかに期待を抱く。スタウトの場合、その手の「トリック」を期待しても肩透かしを食うこと請け合いである。これもまた、クイーンの場合と同様、彼我の読者層の視点が大きく異なる点と言わざるを得ない。

エドワード・D・ホックが、ネロ・ウルフとアーチー・グッドウィンのコンビは、「おそらくアメリカの探偵小説における最も成功した探偵チーム」（The Oxford Companion to Crime & Mystery Writing のスタウトの項目より）と述べているように、このシリーズが今なお絶大な人気を誇る最大の理由は、この二人のコンビの魅力にある。スタウトは、ほかにもドル・ボナーやテカムス・フォックスなどのシリーズ・キャラクターを生み出したが、ウルフとアーチーの魅力と人気にははるかに及ばなかった。黄金期の謎解きの伝統を受け継ぐ頭脳派の老練な安楽椅子探偵と、若くて二枚目、粋な台詞やアクションが取り柄のハードボイルド派の助手という組み合わせは、まさにスタウトの独創であり、その組み合わせが折衷的な中途半端さをもたらすどころか、時には反目しつつもお互いの力量と個性に一目置く二人のぶつかり合うようなコントラストがストーリー展開の中から生き生きとした輝きを放つのがこのシリーズの最大の魅力だ。その比類なきオリジナリティは、本書でウルフが二人の協力関係を「奇跡」と呼ぶところにも表れている。いわば、読者が探偵と推理を競い合う黄金期の謎解きではなく、ホームズとワトスンのように、キャラクターの個性で読者を魅了する探偵小説の伝統に立ち返ったシリーズと言えるだろう。

シリーズの進展とともに齢を重ねていく探偵小説のキャラクターも少なくないが、ウルフとアーチーのコンビは後期の作品になってもまったく歳をとらない。『女が多すぎる』の事件発生は一九四七年三月という設定で、第二十七章では、アーチーは三十三歳と称しているので、この記述に基づけば、一九一三年頃の生まれということになる。本書の事件発生年は、第五章の記述から一九五八年と思われ、だとすれば、アーチーは四十五歳くらいということになるが、とてもそうは思えない。彼は永遠に三十代前半なのだ。ちなみに、スタウトはインタビューの中で、アーチーは、「敢えて言えば、ちょっとハンフリー・ボガートに似ている」と語っている（「ネロ・ウルフの世界」『EQ』一九七八年七月号掲載）。

ハワード・ヘイクラフトは『娯楽としての殺人』（一九四一。邦訳は国書刊行会）の中で、アーチーを「第一級のホームズから出番をさらうワトスンの歴史的な一例」と呼んだ。むろん、ウルフあってこそのアーチーなのだが、「私がネロ・ウルフものを読むのは、物語の語り手がアーチーだからだ。彼の声は新世界の希望とユーモアのすべてを代弁する声なのだ」（ウォルター・モズリー。The Silent Speaker の序文より）、「我々が夢中になるのはウルフではなくアーチーだ。我々が気に入り、好きになるのはウルフではなくアーチーだ」（ロバート・クレイス。Before Midnight の序文より）と、ウルフよりもアーチーにシリーズの魅力を見出す者は今も多い。

謎解き志向の強い我が国の読者層は頭脳派のウルフをシリーズの主人公と見ることに疑問を抱かないだろうが、ハードボイルドが優勢なアメリカでは、アーチーこそが物語のかなめだと考える読者が少なくないようだ。本国アメリカにおいて、他の黄金期の作家たちの人気凋落を尻目に、スタウトが今なお根強い人気を維持している理由の一つでもあるだろう。

プロットに対する理解も、古典的な謎解きにありがちなフーダニットやハウダニットなどの巧妙さを求めると、スタウトの特長を見誤ることになる。「ウルフは博識だが、彼の才能は人間の行動の理解にある。彼が犯罪を解決するのは、クラーレの毒の症状やボルネオの吹き矢の音を知っているからではなく、瀬戸際にある人間がどう行動するかを理解しているからだ」（ロバート・B・パーカー。If Death Ever Slept 序文より）、「これらの作品はアガサ・クリスティのような古典的な意味での謎解き小説ではない。読者はむしろ、誰が誰を殺したのかにさほど関心を持たないことが多い。スタウトは殺人の『なぜ』や、ウルフやグッドウィンのように本来道徳的な人間と下劣な人間のものの考え方がいかに根本的に異なるかを探究することに強い関心を示した」（ディーン・R・クーンツ。『遺志あるところ』序文より）という意見に見られるように、スタウトのプロットは、殺人に至る犯人の心理の解明に重きを置くことが多い。

トリック偏重の視点に立つと、動機の捉え方すらホワイダニットの意外性を求めそうになるのだが、人工臭の強いトリックの着想よりも、現実味のある人間心理を捉えたプロットのほうが受容される傾向が強くなったことが、本国においてカーやクイーンなどの作品が今日では評価されにくい一因でもある。奇抜な着想はなくとも、「瀬戸際にある人間」の心理を捉えるスタウトのプロットの特長は、本書にも顕著に表れていると言えるだろう。

三　シャーロック・ホームズの子

既にご存じの読者も多いかもしれないが、ウルフにまつわる有名な「伝説」をあらためてご紹介しておこう。

ネロ・ウルフは、シャーロック・ホームズとアイリーン・アドラーとの間に生まれた子だとする説を唱えたのは、ウィリアム・スチュアート・ベアリング＝グールドだ。ベアリング＝グールドは、ホームズ研究の第一人者として知られ、発生年代順に並べ替え、詳細な注釈を付けたホームズ全集（邦訳はちくま文庫刊）、研究の成果を踏まえたホームズの伝記『シャーロック・ホームズ　ガス燈に浮かぶその生涯』（河出文庫刊）などの業績がある。

ホームズが「最後の事件」でモリアーティ教授とともにライヘンバッハの滝に転落したとされて姿を消した一八九一年から、「空き家の冒険」で再び登場する一八九四年までの三年間を、シャーロキアンは「大空白時代」と呼ぶ。この「大空白時代」にホームズがどこで何をしていたかについては、「空き家の冒険」のホームズ自身の証言にも誤謬が混じっていることから、これを信用しないシャーロキアンも多く、様々な説が提唱されてきた。

レックス・スタウトの熱烈なファンであり研究者でもあったベアリング＝グールドは、『シャーロック・ホームズ　ガス燈に浮かぶその生涯』第十八章「モンテネグロでのしのび会い」の中で、セバスチャン・モーラン大佐の追及を逃れてモンテネグロのチェティーニエに落ち着いたホームズと、「ボヘミアの醜聞」で結婚したノートンとの関係を解消し、所属する劇団の巡業で、チェティーニエの歌劇場でオペラ歌手として公演を行ったアイリーン・アドラーは、運命の再会を果たしたとする。数か月の幸福な時を過ごした二人だが、モーラン大佐の追及の手はチェティーニエにも迫り、ホームズの子を宿したアイリーンはアメリカへと旅立つ。

「彼の考え方は、シャーロック・ホームズとそっくりであったが、体格や気質という点ではむしろマイクロフトに近かった」。つまり、推理の能力はホームズ譲り、体型は伯父のマイクロフト譲りだという。ベアリング＝グールドは『西三十五丁目のネロ・ウルフ』（『ＥＱ』一九八六年三月号～一九八九年一月号）でも同様の説を展開し、アイリーンはニュージャージー州トレントンの両親の元に戻り、男児を生んだが、その子がネロ・ウルフだというのだ。

ベアリング＝グールドはその根拠の一つとして、エラリー・クイーンの「偉大なるＯＥ理論」（『クイーン談話室』国書刊行会所収）の議論を援用し、「Nero というファースト・ネームの綴りの中に、Sherlock の er-o が使われていること、Wolfe という姓の中に Holmes の ol-e が含まれていることも偶然の一致とは考えられない」（『西三十五丁目のネロ・ウルフ』）と論じている。

スタウト自身は、ウルフの父親がホームズかという問いに対して、肯定も否定もしなかったが、明言を避けたことでかえってその説を好意的に受け止めていたことが窺えるように思える。

四　ネロ・ウルフの名前の由来

クイーンの「偉大なるＯＥ理論」もその一つだが、ネロ・ウルフ（Nero Wolfe）の名前の由来については、様々な説がある。

作品の中では、『我が屍を乗り越えよ』や『黒い山』で明らかにされているように、ウルフはモンテネグロの出身とされている。モンテネグロは「黒い山」という意味であり、国土の約六割が色濃い山林に覆われていることに由来するとされる。「ロデオ殺人事件」(『ネロ・ウルフの災難　外出編』所収)で、ウルフ自身が自分の名は「山にちなんで名付けられた」と語っているように、ウルフの名ネロ(Nero)は、このモンテネグロ(Montenegro)に由来するというのがシリーズ中の説明だ。

だが、作中の設定はともかく、作者スタウトが実際に名付けた経緯は、英国の作家・批評家のジュリアン・シモンズが明らかにしている。シモンズは、一九八〇年に英コリンズ社のクライム・クラブ五十周年記念として復刊された十二冊の一つにEven in the Best Families(米題：In the Best Families)を選び、その序文の中で、スタウト自身が時折書いたものを参照して、ウルフの名前がスタウト自身の名前を基にして作られたことを示唆している。

その説明によると、Rexは国王を意味し、Neroは皇帝の一人(ローマ帝国の第五代皇帝ネロ)、Stoutは雄牛向きの名であり(stoutは「頑丈な」とか「恰幅がいい」という意味がある)、Wolfeは狼(wolf)向きの名という連想に基づいている。

ウルフがモンテネグロ出身だと明らかになるのは『我が屍を乗り越えよ』だが、シモンズによれば、他の作家がモンテネグロ人はひどく怠け者だと語っていたことから思いついたアイデアだという。肥満体で外出を嫌うウルフの性格にふさわしいと考えたのだろう。

シモンズはそれ以上踏み込んでいないが、スタウトのもう一人のシリーズ・キャラクター、テカムス・フォックスも、スタウトのミドルネームTodhunterが「狐を狩る者」の意であることから、Foxという名を付けたのかもしれない。

ウルフが肥満体でビール好きなのは、stoutが太っていることを意味する形容詞でもあり、黒ビールを意味する名詞でもあることに由来するのではないだろうか。美食や園芸の趣味は、スタウト自身と共通するものであり、どうやらウルフは、当初は、作者スタウトの名前や趣味を基に造形されたらしいことが窺える。シリーズが発展していく中で、ウルフをモンテネグロ出身に設定し、名前の意味についてもその設定と結び付けたのだろう。

※本書のプロットに触れていますので、このあとは本書読了後にお読みください。

五　本書のプロット構成

スタウトの魅力は必ずしも謎解きにはないことは既に述べたが、謎解き志向の強い我が国の読者層を念頭に、本書のプロット構成に踏み込んでみよう。

スタウトは謎解きに重きを置かなかったらしく、事前にプロットを練らないまま成り行き任せで執筆したと思しき作品も少なくない。初期の作品にすら、思わせぶりに提示された謎が、ほとんど重要な意味を持たないまま尻すぼみに片付けられてしまうような例もある。

そうしたスタウトの作品の中で、本書は比較的謎解きとしての構成がよくまとまっている作品と言える。パーティーの席での一見不可能な殺人事件、限られた十一人の容疑者と、いかにも本格ものらしいファクターが揃っている。とりわけ、最後にウルフが容疑者を一堂に集めて事件の流れを再現する場面は、まさに黄金期の謎解きのクライマックスそのものだ。

だからというので、本書を純粋な謎解きとして捉えて、「手がかりは十分にあったのか」「フェアと言えるのか」などといった視点で評価しようとすると、スタウトの作品に対して従来と同様の的外れな捉え方になりかねない。

本書におけるハウダニットの謎は、常に一定のパターンでグラスを運ぶセシル・グランサムの無意識の癖と、カウンターで毒入りのグラスをほかの人間に持っていかせないように予防する手法によって解明される。そこにはジョン・ディクスン・カーばりの奇抜な仕掛けがあるわけではなく、ごく普通の人間の癖や単純な対人対応で成り立っているところがスタウトらしいところだろう。謎解きの醍醐味を期待して読めば、そこには特別大きなサプライズも、トリックの目覚ましさもないが、謎解きを奇抜なものにせず、地に足の着いた処理をするところは現代アメリカの主流のミステリに通ずるところがあり、スタウトが現代の読者からも広く受容されている理由の一つでもあるだろう。

ウルフの謎解きも簡潔で、詳細なプロセスをくどくどと説明するようなことはしない。たとえば、セシル・グランサムは、四人の娘と順に踊ったはずで、シャンパンもその都度パートナーに運んだと思われるが、犯人は息子の様子を見ながら、パートナーがフェイス・アッシャーに替わるのを見極めて毒を仕込んだことになる。だが、黄金期の謎解きよろしくそうした詳細を事細かに解説するようなことをすれば、謎解きファンは得心するかもしれないが、場面の流れの勢いややりとりの迫力を削ぐことにもなる。要点だけに絞って簡潔な台詞回しで場面を描くのもスタウトらしい描写手法だ。

事件は当初、自殺願望の娘が実行に踏み切っただけという単純な様相を見せる。ウルフは、現場にいたほかの娘たちを呼び、質問を繰り返すが、娘の一人から、彼の質問の内容が警察の尋問とまったく同じだと指摘されて狼狽する。ウルフは、珍しく自分の当初の調査方針が誤っていたと認め、犯行現場にいた人々から視点を変えて、まだ所在のわからない被害者の母親の存在に目を向ける。「事件解決のためには、どのみち動機を突き止めるほかない」とウルフは語り、被害者の娘とその母親との関係、母親とロビロッティ夫人の甥との関係を追及する過程で、娘がアルバート・グランサムの私生児であったことを突き止める。自尊心と独占欲の強い女が、亡夫に隠し子がいたことを知り、その存在をこの世から抹殺したいと望んだ動機が事件の引き金だったと明らかになるが、そのプロットは、豪邸も夫も自分の所有物と見なすロビロッティ夫人の造形によって肉付けされている。さらには、息子の癖を一番よく知っているのは母親だという自明な事実を謎解きの決め手の一つとしつつ、息子を毒殺の道具に利用する女の執念の凄まじさをも浮き彫りにしているようだ。

謎解き志向の読者を念頭に置いて、敢えてハウダニットの視点からの解説も加えたが、むしろ、先に引用したロバート・B・パーカーなどの評に見られるように、本書は、「人間の行動の理解」や「殺人の『なぜ』」に焦点を当てるスタウトらしいプロットの特長がよく発揮された作品と言っていい。いつものウルフとアーチーの掛け合い、若い娘や青年たちのはじけるような会話を楽しみながら、謎解きの興味も中途でしぼむことなく最後まで味わえるところが、シリーズの中でも本書の特筆すべき魅力と言えるだろう。

なお、冒頭のネロ・ウルフの自宅兼事務所の見取り図は、本叢書でレックス・スタウトの翻訳を担ってこられた鬼頭玲子氏の作成されたものを転用させていただいた。ここに記して感謝申し上げたい。
スタウトの作品については、引き続き、アーノルド・ゼック三部作をご紹介したいと考えている。

〔著者〕
レックス・スタウト
本名レックス・トッドハンター・スタウト。1886年、アメリカ、インディアナ州ノーブルズヴィル生まれ。数多くの職を経て専業作家となり、1958年にはアメリカ探偵作家クラブの会長を務めた。59年にアメリカ探偵作家クラブ巨匠賞、69年には英国推理作家協会シルバー・ダガー賞を受賞している。1975年死去。

〔訳者〕
渕上痩平（ふちがみ・そうへい）
英米文学翻訳家。海外ミステリ研究家。訳書にジョン・ロード『代診医の死』、マージェリー・アリンガム『ファラデー家の殺人』、ナイオ・マーシュ『楽員に弔花を』（いずれも論創社）、R・オースティン・フリーマン『ソーンダイク博士短篇全集』（全3巻。国書刊行会）など多数。

シャンパンは死《し》の香《かお》り
——論創海外ミステリ　327

2024年12月10日　初版第1刷印刷
2024年12月25日　初版第1刷発行

著　者　レックス・スタウト
訳　者　渕上痩平
装　丁　奥定泰之
発行人　森下紀夫
発行所　論 創 社

〒101-0051　東京都千代田区神田神保町2-23　北井ビル
TEL:03-3264-5254　FAX:03-3264-5232　振替口座 00160-1-155266
WEB:https://www.ronso.co.jp

組版　加藤靖司
印刷・製本　中央精版印刷

ISBN978-4-8460-2486-4

論　創　社

すべては〈十七〉に始まった◉J・J・ファージョン

論創海外ミステリ319　霧のロンドンで〈十七〉という数字に付きまとわれた不定期船の船乗りが体験した“世にも奇妙な物語”。ヒッチコック映画『第十七番』の原作小説を初邦訳！　本体2800円

ソングライターの秘密◉フランク・グルーバー

論創海外ミステリ320　智将ジョニーと怪力男サムが挑む最後の難題は楽曲を巡る難事件。足掛け七年を要した“〈ジョニー＆サム〉長編全作品邦訳プロジェクト”、ここに堂々の完結！　本体2300円

英雄と悪党との狭間で◉アンジェラ・カーター

論創海外ミステリ321　サマセット・モーム賞受賞の女流作家が壮大なスケールで描く、近未来を舞台としたＳＦ要素の色濃い形而上小説。原作発表から55年の時を経て初邦訳！　本体2500円

楽員に弔花を◉ナイオ・マーシュ

論創海外ミステリ322　夜間公演の余興を一転して惨劇に変えた恐るべき罠。夫婦揃って演奏会場を訪れていたロデリック・アレン主任警部が不可解な事件に挑む。シリーズ長編第十五作を初邦訳！　本体3600円

アヴリルの相続人 パリの少年探偵団2◉ピエール・ヴェリー

論創海外ミステリ324　名探偵ドミニック少年を悩ませる新たな謎はミステリアスな遺言書。アヴリル家の先祖が残した巨額の財産は誰の手に？〈パリの少年探偵団〉シリーズ待望の続編！　本体2000円

幻想三重奏◉ノーマン・ベロウ

論創海外ミステリ325　人が消え、部屋も消え、路地まで消えた。悪夢のような消失事件は心霊現象か、それとも巧妙なトリックか？〈L・C・スミス警部〉シリーズの第一作を初邦訳！　本体3400円

欲得ずくの殺人◉ヘレン・ライリー

論創海外ミステリ326　丘陵地帯に居を構える繊維王の一家。愛憎の人間模様による波乱を内包した生活が続く中、家長と家政婦が殺害され、若き弁護士に容疑がかけられた……。　本体2400円

好評発売中